Charles Baudelaire

O ESPLIM DE PARIS:
PEQUENOS POEMAS EM PROSA
e outros escritos

Tradução:
OLEG ALMEIDA

A ORTOGRAFIA DESTE LIVRO FOI ATUALIZADA SEGUNDO O
ACORDO ORTOGRÁFICO DA LÍNGUA PORTUGUESA DE 1990,
QUE PASSOU A VIGORAR EM 2009.

Charles Baudelaire

O ESPLIM DE PARIS:
PEQUENOS POEMAS EM PROSA
e outros escritos

LITERATURA UNIVERSAL

MARTIN CLARET

© *Copyright* desta tradução: Editora Martin Claret Ltda., 2010.
Título original: *Le Spleen de Paris: Petits Poèmes en Prose.*
Ano da primeira publicação: 1869.

CONSELHO EDITORIAL
Martin Claret

EDITORA-ASSISTENTE
Rosana Gilioli Citino

CAPA
Ilustração: Tourelle, rue de la Tixanderie (1852), Charles Méryon.

MIOLO
Revisão: Rosana Gilioli Citino / Vânia H. L. Gonçalves Corrêa /
Ana Paula Luccisano
Projeto Gráfico: José Duarte T. de Castro
Editoração Eletrônica: Editora Martin Claret
Impressão e Acabamento: Paulus Gráfica

Dados Internacionais de Catalogação na Publicação (CIP)
(Câmara Brasileira do Livro, SP, Brasil)

Baudelaire, Charles, 1821-1867.
O esplim de Paris: pequenos poemas em prosa / Charles
Baudelaire ; tradução Oleg Almeida. -- São Paulo : Martin
Claret, 2010. -- (Coleção MC clássicos de bolso
: literatura universal ; 4)

Título original : Le spleen de Paris : petits
poèmes en prose.
ISBN 978-85-7232-800-5

1. Literatura francesa I. Título. II. Série.

10-09020   CDD-840

Índices para catálogo sistemático:

1. Literatura francesa   840

EDITORA MARTIN CLARET LTDA.
Rua Alegrete, 62 – Bairro Sumaré – CEP: 01254-010 – São Paulo – SP
Tel.: (11) 3672-8144 – Fax: (11) 3673-7146
www.martinclaret.com.br / editorial@martinclaret.com.br
Impresso em 2010

Sumário

Prefácio 9

O ESPLIM DE PARIS: PEQUENOS POEMAS EM PROSA

Dedicatória 19
I. O estrangeiro 21
II. O desespero da velhinha 22
III. O *Confiteor* do artista 23
IV. Um brincalhão 24
V. O quarto duplo 25
VI. Cada um com sua quimera 28
VII. O Bobo e a Vênus 30
VIII. O cão e o frasco 31
IX. O mau vidraceiro 32
X. À uma hora da madrugada 35
XI. A mulher selvagem e a namoradinha 37
XII. As multidões 39
XIII. As viúvas 41
XIV. O velho saltimbanco 44
XV. O bolo 47
XVI. O relógio 50
XVII. Um hemisfério numa cabeleira 52
XVIII. Convite para a viagem 54

XIX. O brinquedo do pobre 57
XX. Os dons das Fadas 59
XXI. As tentações ou Eros,
Pluto e a Glória 62
XXII. O crepúsculo vespertino 66
XXIII. A solidão 68
XXIV. Os projetos 70
XXV. A bela Doroteia 72
XXVI. Os olhos dos pobres 74
XXVII. Uma morte heroica 76
XXVIII. A falsa moeda 80
XXIX. O jogador generoso 82
XXX. A corda 86
XXXI. As vocações 90
XXXII. O tirso 94
XXXIII. Embriaguem-se 96
XXXIV. Já! 97
XXXV. As janelas 99
XXXVI. O desejo de pintar 100
XXXVII. Os obséquios da Lua 102
XXXVIII. Qual é a verdadeira? 104
XXXIX. Um cavalo de raça 105
XL. O espelho 106
XLI. O porto 107
XLII. Retratos das amantes 108
XLIII. O galante atirador 113
XLIV. A sopa e as nuvens 114
XLV. O tiro e o cemitério 115
XLVI. Perda da auréola 117
XLVII. Senhorita Bisturi 118

XLVIII. *Any where out of the world* — Não importa onde fora do mundo	122
XLIX. Espanquemos os pobres!	124
L. Os bons cães	127
Epílogo	131
COMO SE PAGAM AS DÍVIDAS QUANDO SE TEM GÊNIO	133
CONSELHOS AOS JOVENS LITERATOS	139
Cronologia	149
Sobre o tradutor	165

Prefácio

EM BUSCA DO PARAÍSO: CHARLES BAUDELAIRE E SEUS *PEQUENOS POEMAS EM PROSA*[1]

Oleg Almeida

Hoje considerado o maior poeta francês do século XIX e um dos mais importantes clássicos de toda a literatura europeia, Charles Baudelaire (1821-1867)[2] não desfrutou, em vida, sequer um centésimo desse universal e bem merecido reconhecimento. Pelo contrário, seguiu uma longa *via crucis* de mágoas, doenças e privações, vindo a falecer aos quarenta e seis anos, mudo e hemiplégico, órfão de sua época e refém de seu enorme talento. A curta e trágica vida dele transcorreu numa sociedade que dava pouco apreço aos verdadeiros artistas, preferindo "o lixo cuidadosamente escolhido" ("O cão e o frasco") de folhetins e cançonetas em voga àquelas incomuns obras sérias que a fizessem pensar, discutir, sofrer. Desde adolescente, o poeta procurava seu lugar nela, mas não o achava, sentia-se alheio aos valores burgueses — em especial, à riqueza obtida

---

[1] As obras de Baudelaire (títulos em itálico) são citadas por *Oeuvres complètes de Charles Baudelaire*. Paris: Michel Lévy frères, 1868-1870; e sua correspondência por *Charles Baudelaire. Étude biographique d'Eugène Crépet...* Paris: Librairie Léon Vanier, 1906.
[2] Confira a cronologia biográfica no final do livro.

com sangue e lágrimas de outrem ("As tentações ou Eros, Pluto e a Glória") —, mas não conseguia superá-los.

Nascido em berço de ouro (seu pai era chefe de repartição do Senado Imperial nos tempos de Napoleão e possuía, além das raízes nobres, uma vultosa fortuna), Charles Baudelaire tinha a possibilidade de alcançar os ápices da hierarquia estatal, tornando-se destacado político ou diplomata, mas abriu mão dessa perspectiva impulsionado tanto por algumas circunstâncias de ordem pessoal — morte do pai, que sempre amaria, segundo casamento da mãe e aversão ao padrasto, entre outras — quanto pela rebeldia própria da juventude. No tradicional colégio Louis-le-Grand, em que estudou até os dezoito anos, ele era tachado de relapso e dado a esquisitices, e acabou expulso de lá, pouco antes de completar o curso, por ter desobedecido aos diretores. Matriculado na prestigiosa Escola de Direito, que lhe daria acesso a uma carreira brilhante, mal chegou a frequentar as aulas. Após uma das inúmeras brigas com o padrasto — lemos, numa biografia do poeta, que Charles ameaçara estrangulá-lo — foi mandado para as Índias, a bordo de um navio mercante, na esperança de que criasse juízo, porém logo interrompeu a viagem e regressou à França. Maior de idade, recebeu cerca de setenta e cinco mil francos da herança paterna e, sem se preocupar com o futuro, mergulhou na boêmia, aderiu ao famigerado Clube dos Haxixistas, cujos membros usavam diversos tipos de drogas, e começou a namorar Jeanne Duval, jovem atriz de origem provavelmente caribenha, a quem chamava de "Vênus Negra" e com quem viveria, para desespero da família, uma paixão intensa e devastadora. Em apenas dois anos, Baudelaire esbanjou metade do seu patrimônio, e os familiares, que até então haviam tolerado o comportamento dele, optaram por medidas drásticas, colocando todos os seus bens sob tutela cautelar. A partir daí, sua principal fonte de renda seria a humilhante mesada de duzentos francos que lhe forneceria o tutor designado pela Justiça.

"Uma alimentação nutritiva, mas regular, é a única coisa necessária aos escritores fecundos!" — afirma Baudelaire no artigo

Conselhos aos jovens literatos, datado do período em que se viu obrigado a enfrentar as primeiras dificuldades materiais. Às voltas com "a pobreza proverbial dos poetas" ("Carta à Imperatriz", 1857), ele se aventurou no jornalismo e, pouco a pouco, adquiriu certa notoriedade nos meios literários de Paris. No entanto, seus bolsos continuavam vazios. "Por mais bela que seja uma casa, ela é antes de tudo ... tantos metros de altura por tantos de largura. Do mesmo modo, a literatura, que é a matéria mais inapreciável, é antes de tudo o preenchimento de colunas; e o arquiteto literário, cujo nome não é, por si só, uma chance de lucro, deve vender a qualquer preço" — raciocina Baudelaire, cujos ensaios sobre arte e outros escritos não tinham, apesar de muito interessantes, nenhum sucesso comercial. Restava-lhe, pois, um dilema: adaptar sua inspiração às correntes simplórias da moda ou, na pior das hipóteses, escrever por encomenda dos autores consagrados que depois venderiam seus textos, como se fossem deles, aos inescrupulosos jornais pelo décuplo do preço (*Como se pagam as dívidas quando se tem gênio*). O poeta rejeitou com indignação ambas as alternativas, e sua vida se transformou, rápida e fatalmente, numa espécie de limbo... Amarga decepção com as pessoas e coisas; peso das dívidas que contraíra por necessidade ou leviandade e que jamais chegaria a saldar; amores malsucedidos; perseguição judicial por "ofensa à moral religiosa" e "ultraje à moral pública e aos bons costumes" que sucedeu ao lançamento d'*As flores do mal*, sua obra-prima incontestável; desgaste físico provocado pelas doenças e vícios — foram essas as causas da crônica depressão que só terminaria com a sua morte. Essa depressão se manifesta nos mais famosos poemas d'*As flores do mal*. Ela empresta seu nome ao livro póstumo de Baudelaire que ora apresentamos ao leitor brasileiro: *O esplim de Paris: pequenos poemas em prosa*.

Referido por vários escritores da mesma época, de Byron na Inglaterra a Púchkin na Rússia, o esplim[3] atinge, neste livro,

---

[3] Forma aportuguesada da palavra inglesa *spleen* (baço), que signi-

o seu apogeu. Como uma procissão de pavorosos espectros, passam diante do leitor as facetas grotescas e, vez por outra, chocantes da realidade urbana. Um homem enclausura sua esposa legítima numa jaula de ferro e mostra-a pelas feiras — com a bênção das autoridades, claro! — devorando monstruosamente coelhos vivos ("A mulher selvagem e a namoradinha"). Um dândi[4] espanca, em plena rua, um mendigo a fim de inculcar-lhe as noções de cidadania ("Espanquemos os pobres!"). Um senhor elegante e bem-vestido se inclina, tirando o chapéu, perante um asno e, sem sombra de escárnio, deseja à "humilde besta" feliz Ano-Novo ("Um brincalhão"). Um viúvo esfarrapado e seus dois filhos pequenos param na frente de um café recém-inaugurado e contemplam-no pasmados com aquele luxo nunca visto, quando uma dama sentada a uma das próximas mesas pede para os enxotarem dali, dizendo: "Essas pessoas são insuportáveis com seus olhos abertos feito o portão da cocheira!" ("Os olhos dos pobres"). O grito perturbador de um vidraceiro ambulante sobe, através da pesada neblina matinal, até as idílicas mansardas povoadas de solidões e misérias ("O mau vidraceiro"). O uivo medonho dos loucos confinados num hospício vem, ao cair da noite, aos ouvidos de um parisiense fumando na sacada de sua casa ("O crepúsculo vespertino"). Ao embalar-se com láudano[5], um boêmio sonha, no seu quarto feio e sujo, com "uma eternidade de delícias", e, de repente, é acordado pelo síndico, que, reclamando o aluguel atrasado, destrói num instante sua fantasmagoria ("O quarto duplo"). Fora do contexto geral, cada um desses detalhes pode parecer-nos inexpressivo, mas juntos eles compõem um amálgama tão sinistro que, vendo-

---

fica profunda melancolia, grande aflição ou tédio que a antiga teoria dos humores atribuía ao mau funcionamento do baço.

[4] Homem que se veste com requinte exagerado e tem maneiras presunçosas.

[5] Tintura de ópio que possui efeito entorpecente.

-o por inteiro, não temos como preservar íntegra a nossa fé na humanidade! Seria fácil convivermos em paz e harmonia com as pessoas dispostas a comprar caro um pedaço da corda com que se enforcou o modelo de um pintor conhecido ("A corda")? Não ficaríamos, na presença delas, embaraçados? Não sentiríamos muita vontade de ir embora ou de fugir?

Essa questão de distanciamento ou fuga toma, nas páginas de Baudelaire, proporções absolutas, faz da mudança de domicílio, cidade ou país — sabe-se que o poeta teve, ao menos, catorze endereços em Paris e, pelo fim da vida, foi para a Bélgica na última tentativa de escapar à penúria — uma angustiante ideia fixa. "Parece-me que sempre estaria bem lá onde não estou" — confessa ele no "Any where out of the world", talvez o mais pungente dos *Pequenos poemas*, cujo título, em si, poderia caracterizar a sua obra melhor que quaisquer estudos críticos. Longe do mundo indiferente a tudo o que não se medir em moedas, não importa aonde o levarem as asas da fantasia: à beata Holanda, ao enigmático Polo Norte ou, quem sabe, às ilhas meridionais, tão lindas e inspiradoras porque a ganância humana ainda não se apoderou delas! Mas como atravessar os mares que separam o triste cotidiano do paraíso terrestre, sendo este ilusório e aquele, perfeitamente real? E em que resultam, mais cedo ou mais tarde, os devaneios equivalentes a uma porção de ópio ou meia hora nos braços de uma prostituta? A maioria dos paradoxos que Baudelaire oferece aos seus leitores não tem solução possível. Buscando consolo no amor, um dos raríssimos sentimentos capazes de devolver-lhe os sonhos sumidos, o poeta cria a imagem da fada de olhos verdes, antes um etéreo ideal de mulher amada, "irmã de eleição" ("Convite para a viagem", dedicado à atriz Marie Daubrun, uma das musas que mais estimularam sua criatividade), do que uma amante em carne e osso. Romântico, compara os olhos dela às maravilhosas nuvens que se avistam da sua janela, quando, irritada com o desinteresse do consorte no jantar que acaba de servir, a tal de fada desfere um violento soco nas costas dele e grita histérica: "Vem logo comer tua sopa, f... vendedor de nuvens!" ("A sopa e as nuvens"). Mais uma ilusão em colapso, o poeta está prestes a recorrer às forças sobrenaturais, trocando sua alma pela faculdade de "aliviar e de vencer" o mórbido esplim ("O jogador generoso"). A exemplo de Fausto, ele firma um audacioso pacto com o diabo e, em seguida, passa a questionar a validade do próprio: e agora? o que será de mim, se o demônio descumprir sua promessa? Parece que Baudelaire evoca as mais variadas ilusões com o único propósito de extingui-las uma por uma e retirar-se, altivo e solitário, num vácuo sem margens que substitua o paraíso inencontrável. Seu niilismo sardônico se revela, de modo definitivo, em "O estrangeiro", personificado por alguém que não tem parentes nem pátria, descrê da amizade, desconhece a beleza, despreza o dinheiro e gosta, se apto a gostar de alguma coisa, das mesmas nuvens que flutuam no céu. Elas são magníficas, essas "móveis arquiteturas que Deus faz de vapores", mas, em sua essência primária, não representam nada.

O mundo mudou nos quase cento e cinquenta anos que decorreram desde a publicação dos *Pequenos poemas em prosa*: sobrevivente às guerras, catástrofes e tiranias do século XX, tem ostentado novas tecnologias e relações econômicas, imaginado novos paraísos. Contudo, seus males sociais permanecem sem previsão de cura. Por isso é que as influências, tanto as óbvias quanto as presumidas, de Baudelaire não diminuem com o tempo. Vislumbramo-las nos desafios verbais de Maiakóvski e dos *beatniks* norte-americanos, que esbofeteiam o gosto público com igual entusiasmo. Delas provém a furiosa rebeldia de Jim Morrison clamando "This is the end, beautiful friend, the end!"[6] em face do nada existencial, e a de Cazuza, cujo refrão "Enquanto houver burguesia, não vai haver poesia!" respira uma ironia puramente baudelairiana. Enquanto houver quem ignore "outra beleza, senão a dos escudos"[7] ("A bela

---

[6] Em inglês, "É o fim, belo amigo, o fim!"
[7] Antiga moeda francesa (écu) que equivalia, em meados do século XIX, a cinco francos de prata.

Doroteia") e quem conteste a supremacia desta, enquanto as eternas dúvidas acerca da condição humana atormentarem as mentes ansiosas por reconsiderá-la, o fascinante livro de Baudelaire, em que a austera prosa do conteúdo se une à sublime poesia da forma num todo espetacular, não perderá sua atualidade nem popularidade.

O esplim de Paris:
pequenos poemas em prosa

A Arsène Houssaye

Meu caro amigo, envio-lhe uma pequena obra a respeito da qual não se poderia dizer, sem injustiça, que é sem pés nem cabeça, porque tudo, pelo contrário, é, de uma vez, a cabeça e os pés dela, alternativa e reciprocamente. Leve, por favor, em consideração as admiráveis comodidades que essa combinação nos oferece a todos — a você, a mim e ao leitor. Podemos cortar onde quisermos: eu, meu devaneio; você, o manuscrito; o leitor, sua leitura, já que não estou pendurando a rebelde vontade dele no interminável fio de uma intriga supérflua. Tire uma vértebra, e os dois retalhos dessa tortuosa fantasia juntar-se-ão novamente e com facilidade. Pique-a em numerosos fragmentos e verá que cada um deles pode existir à parte. Na esperança de que alguns destes trechos sejam bastante vivos para lhe agradar e diverti-lo, eu me atrevo a dedicar-lhe a serpente inteira.

Tenho uma pequena confissão a fazer. Foi quando folheava — pela vigésima vez, ao menos —, o famoso *Gaspar da noite*, de Aloysius Bertrand (será que um livro, que conhecemos eu, você e alguns dos amigos nossos, não tem todo o direito de ser chamado *famoso*?) que me veio a ideia de tentar algo análogo e de aplicar à descrição da vida moderna, ou melhor, de *uma* vida moderna e mais abstrata, o procedimento que ele tinha aplicado à pintura da vida antiga, tão estranhamente pitoresca.

Qual de nós não sonhou, nos seus dias de ambição, com o milagre de uma prosa poética, musical sem ritmo nem rima, bastante dócil e melindrosa para adaptar-se aos movimentos líricos da alma, às ondulações do devaneio, aos sobressaltos da consciência?

É sobretudo da frequentação das cidades enormes, é do cruzamento das suas inúmeras relações que nasce esse ideal obsedante. Você mesmo, meu caro amigo, não procurou traduzir, numa canção, o grito estridente do *Vidraceiro*, e exprimir, numa prosa lírica, todas as desoladoras sugestões que esse grito leva até as mansardas, através das mais altas brumas da rua?

Mas, a falar verdade, receio que meus ciúmes não me tenham trazido felicidade. Assim que comecei o trabalho, percebi que não apenas estava bem longe do meu misterioso e brilhante modelo, como também fazia alguma coisa (se isso se pode chamar *alguma coisa*) de singularmente diferente, circunstância de que qualquer outro, menos eu, iria, sem dúvida, orgulhar-se, mas que só podia humilhar profundamente um espírito a considerar, como a maior honra do poeta, o cumprimento *justo* dos seus projetos.

Seu bem afeiçoado
C. B.

I
O ESTRANGEIRO

— Quem é que mais amas, homem enigmático, diz: teu pai, tua mãe, tua irmã ou teu irmão?
— Não tenho nem pai, nem mãe, nem irmã, nem irmão.
— Teus amigos?
— Vós vos servis de uma palavra cujo significado até hoje eu desconheço.
— Tua pátria?
— Ignoro em que latitude ela está situada.
— A beleza?
— Amá-la-ia com muito gosto, deusa e imortal.
— O ouro?
— Odeio-o como vós odiais Deus.
— O que amas então, extraordinário estrangeiro, hein?
— Amo as nuvens... as nuvens que passam lá... lá no alto... maravilhosas nuvens!

II
O desespero da velhinha

Uma velhinha encarquilhada sentiu-se toda alegre ao ver esse lindo menino a quem cada um fazia festas, a quem todo o mundo queria agradar; esse lindo ser, tão frágil quanto ela, velhinha, e, igualzinho a ela, sem dentes nem cabelos.

E a velhinha aproximou-se dele, querendo fazer-lhe umas caretas engraçadas e agradáveis.

Mas a criança apavorada se debatia sob os afagos da pobre mulher decrépita, enchendo a casa de seus gritos estridentes.

Então a velhinha recolheu-se à sua eterna solidão e chorou num canto, dizendo a si mesma: "Ah, para nós, desgraçadas velhas fêmeas, já passou a idade de agradar, mesmo aos inocentes, e fazemos horror às crianças que queremos amar!"

III
O *Confiteor* do artista

Como os finais de tarde outoniços são penetrantes! Ah, penetrantes até a dor! É que existem certas sensações deliciosas cuja vagueza não exclui a intensidade, e não há ponta mais aguda que a do Infinito.

Grande deleite, o de imergir o olhar na imensidão do céu e do mar! Solitude, silêncio, incomparável castidade do azul; uma pequena vela trêmula no horizonte, imitando, de tão pequena e isolada, minha irremediável existência, a melodia monótona do marulho, todas essas coisas pensam por mim, ou eu penso por elas (pois, na grandeza do sonho, o *eu* perde-se depressa!); elas pensam, diria, mais musical e pitorescamente, sem argúcias nem silogismos, nem deduções.

Todavia esses pensamentos, saiam eles de mim ou provenham das coisas, logo se tornam demasiadamente intensos. A energia na volúpia cria um mal-estar e um sofrimento positivos. Tensos demais, meus nervos só produzem vibrações gritantes e dolorosas.

E agora a profundidade do céu me consterna, sua limpidez me exaspera. A insensibilidade do mar, a imutabilidade do espetáculo me revoltam... Ah, precisa-se eternamente sofrer, ou fugir eternamente do belo? Natureza, encantadora sem piedade, sempre vitoriosa rival, deixa-me! Cessa de tentar meus desejos e meu orgulho! O estudo do belo é um duelo em que o artista grita de pavor antes de ser vencido.

IV
Um brincalhão

Era a explosão do novo ano: caos de lama e neve atravessado por mil carruagens, cintilando de brinquedos e bombons, pululando de cobiças e desesperos, delírio oficial de uma grande cidade, feito para turvar a mente do solitário mais forte.

No meio desse tumulto e dessa algazarra, um asno trotava vivamente, fustigado por um brutamontes armado de um chicote.

Indo o asno dobrar a esquina de um passeio, um belo senhor de luvas, polido, cruelmente engravatado e enclausurado num traje novíssimo, inclinou-se cerimoniosamente perante a humilde besta e disse, tirando seu chapéu: "Desejo-lhe um ano próspero e feliz!"; depois se virou para não sei que companheiros, com um ar fátuo, como se estivesse pedindo que juntassem sua aprovação ao contentamento dele.

O asno nem viu esse lindo brincalhão e continuou a correr, zeloso, aonde o chamava seu dever.

Quanto a mim, subitamente fui tomado de incomensurável fúria contra o magnífico imbecil, que parecia concentrar em si todo o espírito da França.

V
O QUARTO DUPLO

Um quarto que parece um devaneio, um quarto verdadeiramente *espiritual*, cuja atmosfera estagnante é levemente tingida de rosa e de azul.

A alma toma cá um banho de preguiça aromatizado pela saudade e pelo desejo. — É algo crepuscular, azulado e rosado; um sonho voluptuoso durante um eclipse.

Os móveis têm formas alongadas, prostradas, lânguidas. Os móveis parecem sonhar; achá-los-ia dotados de uma vida sonambúlica, como o vegetal e o mineral. Os estofos falam uma língua muda, como as flores, como os céus, como os sóis poentes.

Pelas paredes, nada de abominação artística. Em relação ao puro sonho, à impressão não analisada, a arte definida, a arte positiva é uma blasfêmia. Aqui tudo tem a suficiente clareza e a deliciosa obscuridade da harmonia.

Um cheiro infinitesimal da mais delicada escolha, ao qual se mistura uma bem leve umidade, está nadando nesta atmosfera, onde o espírito sonolento fica embalado pelas sensações de uma estufa.

A musselina chove abundantemente diante das janelas e ao redor da cama, derramando-se em cascatas de neve. Na cama está deitada a deusa, a soberana dos sonhos. Mas como é que ela veio aqui? Quem a trouxe, que poder mágico a instalou neste trono de fantasia e de volúpia? Que importa? Ei-la aqui, eu a reconheço.

Eis os olhos cuja chama atravessa o crepúsculo, esses sutis e terríveis *mirantes* que reconheço pela sua medonha malícia! Eles atraem, eles subjugam, eles devoram o olhar do imprudente que os contempla. Frequentemente os estudei, essas estrelas negras que comandam a curiosidade e a admiração.

Que demônio benévolo é esse que me deixou assim envolto em mistério, em silêncio, em paz e perfumes? Oh, beatitude: o que geralmente chamamos de vida, mesmo na sua expansão mais feliz, não tem nada a ver com esta vida suprema, de que tenho agora conhecimento e que saboreio minuto por minuto, segundo por segundo!

Não, não há mais minutos nem segundos! O tempo desapareceu; é a Eternidade que reina, uma eternidade de delícias!

Mas alguém bateu terrivelmente forte à porta, e, como nos sonhos infernais, pareceu-me que tinha levado um golpe de alvião na barriga.

E depois um Espectro entrou. É o síndico que vem torturar-me em nome da lei, uma infame concubina que vem gritar miséria e juntar as trivialidades da sua vida aos sofrimentos da minha; ou, então, é o escrevente de um diretor de jornal que reclama a continuação do manuscrito.

O quarto paradisíaco, a deusa, a soberana dos sonhos, a *Sílfide*, como dizia o grande René, toda essa magia sumiu após o golpe brutal do Espectro.

Horror! Eu me lembro, sim, me lembro! Esta toca, esta morada do eterno tédio, é minha. Eis os móveis tolos, poeirentos, escoriados; a lareira sem chamas nem brasas, suja de escarros; as tristes janelas, onde a chuva traçou uns sulcos na poeira; os manuscritos riscados ou incompletos; o almanaque em que o lápis marcou umas datas sinistras!

E esse perfume do outro mundo, de que me inebriava com uma sensibilidade requintada, foi substituído — ai de mim! — pelo fedor de tabaco mesclado com não sei que nauseabundo mofo. Agora se respira aqui o ranço da desolação.

Neste mundo estreito, mas tão cheio de desgosto, apenas um objeto conhecido me sorri: a garrafinha de láudano, minha velha e terrível amiga, fecunda — como todas as amigas, infelizmente! — em afagos e traições.

Oh, sim! O Tempo reapareceu; agora o Tempo reina soberanamente; e, com o repugnante ancião, retornou todo o seu demoníaco cortejo de Recordações, Pesares, Espasmos, Medos, Angústias, Pesadelos, Cóleras e Neuroses.

Asseguro-lhes que os segundos agora vêm forte e solenemente acentuados, e cada um deles, saltando do pêndulo, diz: "Eu sou a Vida, a insuportável, a implacável Vida!"

Há um só Segundo na vida humana que tem por missão anunciar uma *boa notícia*, a boa notícia que causa a qualquer pessoa um medo inexplicável.

Sim, o Tempo reina; ele retomou sua brutal ditadura. E está-me empurrando, como se eu fosse um boi, com seu duplo aguilhão: "Vai, anda, burrico! Vai, sua, escravo! Vai, vive, maldito!"

VI
Cada um com sua quimera

Sob um vasto céu gris, numa grande campina poenta, sem caminhos, sem ervas, sem um cardo nem uma urtiga, encontrei muitos homens que marchavam curvados.

Cada um deles carregava nas costas uma enorme Quimera, tão pesada quanto um saco de farinha ou de carvão, ou então os petrechos de um legionário romano.

Contudo o monstruoso bicho não era uma carga inerte; pelo contrário, ele envolvia e apertava o homem com seus músculos elásticos e potentes, cravava duas garras compridas no peito da sua cavalgadura, e a cabeça fabulosa dele sobrepujava a testa do homem como um daqueles elmos horríveis por meio dos quais os antigos guerreiros procuravam aumentar o terror do inimigo. Abordei um desses homens e perguntei-lhe aonde eles iam daquela maneira. O homem respondeu que nem ele nem os outros sabiam nada disso, mas, evidentemente, eles dirigiam-se para algum lugar, impelidos por uma invencível necessidade de marchar.

Coisa estranha a notar: nenhum desses viajantes parecia irritado com a besta-fera suspensa no seu pescoço e colada às suas costas, como se a considerasse parte dele mesmo. Todos esses rostos cansados e sérios não testemunhavam desespero algum; sob a cúpula tediosa do céu, os pés engolfados na poeira de um chão tão desolado quanto aquele céu, eles caminhavam com a fisionomia resignada de quem se vê condenado à eternal esperança.

E o cortejo passou a meu lado e afundou-se na atmosfera do horizonte, lá onde a superfície arredondada do planeta se esquiva à curiosidade do olhar humano.

E, durante alguns instantes, obstinei-me em querer compreender esse mistério, mas pouco depois uma irresistível indiferença veio desabar sobre mim, e eu fiquei mais oprimido por ela do que aqueles homens pelas suas esmagadoras Quimeras.

VII
O Bobo e a Vênus

Que dia admirável! O vasto parque se enlanguesce sob o olhar fulgente do sol como a juventude sob o domínio do Amor.

O êxtase universal das coisas não se exprime por nenhum ruído; até as águas como que adormecem. Bem diferente das festas humanas, é aqui uma orgia silenciosa.

Parece que uma luz crescendo sem parar faz os objetos cintilarem cada vez mais, que as flores excitadas ardem de desejo de competir, na energia das suas cores, com o azul do céu, e que o calor, tornando visíveis os perfumes, fá-los subir ao astro como uma fumaça.

Entretanto, no meio dessa alegria universal, reparei num ser aflito.

Aos pés de uma colossal Vênus, um daqueles bobos artificiais, um daqueles bufões voluntários incumbidos de fazer rirem os reis, quando o Remorso ou o Enfado os obsedam, usando um traje tilintante e ridículo, com chifres e guizos na cabeça, todo achatado contra o pedestal, dirige os olhos cheios de lágrimas à imortal Deusa.

E seus olhos dizem: "Sou o último e o mais solitário dos humanos, privado de amor e de amizade, e bem inferior nisso ao mais imperfeito dos animais. Porém eu também fui feito para sentir e compreender a imortal Beleza! Ah, Deusa, tende piedade da minha tristeza e do meu delírio!"

Mas a implacável Vênus está fitando, ao longe, não sei o quê com seus olhos de mármore.

VIII
O CÃO E O FRASCO

"Meu lindo cão, meu bom cão, meu caro totó, vem cá apreciar um excelente perfume comprado na melhor perfumaria da cidade." E o cão, agitando o rabinho — o que, creio eu, corresponde, nesses pobres seres, ao riso e ao sorriso —, aproxima-se e mete curiosamente seu nariz úmido no frasco destapado; depois recua, de repente, com medo e late para mim de modo acusador.

"Ah, miserável cão, se tivesse te oferecido um pacote de excrementos, tê-lo-ias cheirado com deleite e, quiçá, devorado. Assim tu mesmo, indigno companheiro da minha triste vida, pareces-te com o público, ao qual jamais devemos apresentar os perfumes delicados que o exasperam, mas sim o lixo cuidadosamente escolhido."

IX
O MAU VIDRACEIRO

Há naturezas puramente contemplativas e totalmente inaptas para a ação, que, no entanto, sob um impulso misterioso e desconhecido, às vezes agem com uma rapidez de que elas mesmas se teriam considerado incapazes.

Aquele que, temendo encontrar na sua portaria uma notícia triste, gasta uma hora em andar covardemente diante da porta e não ousa entrar, aquele que guarda, por uns quinze dias, uma carta sem a deslacrar ou só se resigna ao cabo de seis meses a tomar uma providência necessária havia um ano, sentem-se, de vez em quando, bruscamente compelidos a agir por uma força irresistível como a flecha de um arco. Nem o moralista nem o médico, que pretendem tudo saber, podem explicar de onde vem, tão subitamente, uma tão louca energia, nessas almas tão preguiçosas e voluptuosas, e como, incapazes de fazer as coisas mais simples e mais necessárias, elas encontram, em certo momento, uma coragem grandiosa para executar os mais absurdos e frequentemente mais perigosos atos.

Um dos meus amigos, o mais inofensivo sonhador que jamais existiu, ateou, certa vez, fogo a uma floresta para ver, dizia ele, se o fogo pegava mesmo com tanta facilidade como geralmente se afirmava. A experiência falhou dez vezes seguidas, mas, na décima primeira vez, obteve muito sucesso.

Um outro acenderá um charuto ao lado de um tonel de pólvora *para ver*, *para saber*, *para tentar a sorte*, para submeter, ele mesmo, à prova sua coragem, para bancar o jogador, para conhecer os prazeres da ansiedade, por nada, por capricho, por falta de quefazeres.

É uma espécie de energia que jorra do tédio e do desvario; e, como já disse, aqueles nos quais ela se manifesta tão inopinadamente são, em geral, os mais indolentes e sonhadores dos seres.

Um outro, tímido a ponto de baixar os olhos mesmo na frente dos homens, a ponto de precisar unir todo o seu parco ânimo para entrar num café ou passar diante do guichê de um teatro cujos bilheteiros lhe parecem revestidos da majestade de Minos, Éaco e Radamante, irá pendurar-se, de súbito, no pescoço de um velhote que passar ao lado dele, e abraçá-lo com entusiasmo, ante uma multidão atônita.

— Por quê? Porque... porque essa fisionomia lhe é irresistivelmente simpática? Pode ser; porém é mais legítimo supor que nem ele mesmo saiba o porquê.

Mais de uma vez, fui vítima dessas crises e desses surtos que nos autorizam a crer que os Demônios maliciosos penetrem em nós e nos façam cumprir, sem o sabermos, as mais absurdas de suas vontades.

Uma manhã, levantei-me lúgubre, triste, cansado de ócio e, parecia-me, compelido a fazer algo grande, um estouro. Infelizmente abri a janela!

(Observem, por favor, que o espírito de mistificação, o qual não resulta, em certas pessoas, de um trabalho ou de uma combinação, mas sim de uma inspiração fortuita, participa muito — nem que seja pelo ardor do desejo — desse humor, histérico na opinião dos médicos, satânico segundo os que pensam um pouco melhor que os médicos, impelindo-nos sem resistirmos para um monte de ações perigosas ou inconvenientes.)

A primeira pessoa que avistei na rua foi um vidraceiro, cujo grito agudo, dissonante, me veio através da pesada e suja atmosfera parisiense. Ser-me-ia, aliás, impossível dizer por que me tomara, em relação àquele pobre coitado, de um ódio tão repentino quanto despótico.

"Ei, ei!", gritei para ele subir. Nesse ínterim pensava, não sem certa satisfação, que, situado meu quarto no sexto andar e sendo a escada bem estreita, o homem deveria enfrentar alguma dificuldade para efetuar sua ascensão, já que os cantos da sua frágil mercadoria ficariam retidos em vários lugares.

Por fim, ele apareceu. Ao examinar curiosamente todos os seus vidros, eu disse: "Como assim? Você não tem vidraças de cor, vidraças rosa, vermelhas, azuis, vidraças mágicas, vidraças do paraíso? Que falta de vergonha é essa? Você ousa passear pelos bairros pobres e nem tem vidraças que fazem vermos como a vida é bela?" E empurrei-o vivamente para a escada, onde ele tropeçou resmungando.

Uma vez na sacada, peguei um vasinho de flores e, quando o homem reapareceu na saída do prédio, deixei meu engenho de guerra cair perpendicularmente sobre a borda traseira do suporte de sua vidraçaria. Derrubado pelo choque, ele acabou quebrando com o próprio dorso toda a sua tosca fortuna ambulante, a qual rendeu o estrondo de um palácio de cristal rachado pelo raio.

E, tonto de minha loucura, eu gritei-lhe furiosamente: "A vida bela! A vida bela!"

Essas brincadeiras nervosas não são tão inofensivas assim, e, muitas vezes, pode-se pagar caro por elas. Mas que importa a eterna condenação para quem encontrou, num só segundo, o infinito do gozo?

X
À UMA HORA DA MADRUGADA

Enfim, sozinho! Não se ouve mais nada, salvo o rodar de uns fiacres tardios e exaustos. Durante algumas horas, possuiremos o silêncio, senão o repouso. Enfim! A tirania da cara humana desapareceu, e agora eu vou sofrer só por mim mesmo.

Enfim me será permitido relaxar num banho de trevas! Primeiro um duplo giro de chave na fechadura. Parece-me que ele aumentará minha solidão e fortificará as barricadas que me separam atualmente do mundo.

Horrível vida! Horrível cidade! Recapitulemos o dia: ter visto vários homens de letras, um dos quais me perguntou se dava para ir à Rússia por terra (não há dúvida de que ele tomava a Rússia por uma ilha); ter discutido generosamente com o diretor de uma revista que a cada objeção respondia: "Nosso negócio aqui é honesto", o que implicava que todos os outros jornais fossem redigidos pelos velhacos; ter cumprimentado umas vinte pessoas, inclusive quinze desconhecidas; ter distribuído apertos de mão na mesma proporção, e isso sem ter comprado, por cautela, um par de luvas; ter subido, para matar o tempo durante um aguaceiro, ao quarto de uma rapariga que me pediu para lhe desenhar um traje de *Vênusa*; ter cortejado um diretor de teatro, que disse, mandando-me embora: "Você faria, talvez, bem em recorrer a Z...; é o mais lerdo, o mais tolo e o mais célebre de todos os meus autores; com ele você poderia, talvez, conseguir alguma coisa. Veja-o, e depois nós veremos"; ter-me gabado (para quê?) de várias vilezas que jamais praticara, e covardemente negado umas faltas que cometera com alegria, delito de fanfarrice, crime de respeito humano; ter recusado um serviço fácil a um amigo e dado referências escritas a um rematado patife; ufa, será tudo?

Descontente de todos e descontente de mim, gostaria de redimir-me e orgulhar-me um pouco no silêncio e na solidão da noite. Almas dos que amei, almas dos que cantei, deem-me forças, apoiem-me, afastem de mim a mentira e os miasmas corruptores do mundo, e vós, Senhor meu Deus, concedei-me a graça de produzir uns bons versos que me provem a mim mesmo que não sou o último dos homens nem inferior àqueles que estou desprezando!

XI
A MULHER SELVAGEM E A NAMORADINHA

Realmente, minha querida, você aborrece-me sem medida nem piedade; dir-se-ia, ouvindo-a suspirar, que estivesse sofrendo mais do que as lavradoras sexagenárias e as velhas mendicantes recolhendo crostas de pão às portas das bodegas.

Se, pelo menos, seus suspiros exprimissem o remorso, far-lhe-iam alguma honra; mas eles traduzem apenas a saciedade do bem-estar e o peso do ócio. Outrossim, você não para de derramar-se em palavras inúteis: "Ame-me bem, preciso tanto disso! Console-me por aqui, acaricie-me por acolá!" Olhe, eu quero tentar curá-la; pode ser que encontremos um remédio por dois vinténs, no meio de uma festa e sem irmos longe demais.

Peço-lhe que examine comigo esta sólida jaula de ferro, dentro da qual se agita, berrando como um condenado, sacudindo as grades feito um orangotango exasperado com o exílio, imitando, à perfeição, ora os saltos circulares do tigre, ora os meneios estúpidos do urso-branco, um monstro peludo cujas formas se parecem vagamente com as suas.

O monstro é um daqueles animais que geralmente são tratados de "meu anjo", isto é, uma mulher. O outro monstro, aquele que grita com todas as forças, um cacete na mão, é o marido dela. Ele enclausurou sua esposa legítima como um bicho e mostra-a pelos subúrbios, nos dias de feira, e com a permissão dos magistrados, bem entendido.

Preste atenção! Veja com que voracidade (não simulada, talvez!) ela dilacera coelhos vivos e aves pipilantes que lhe joga seu algoz. "Vamos", diz ele, "não precisa comer tudo num dia só", e, com essa palavra sábia, arranca-lhe cruelmente a presa, cujas tripas ficam, por um instante, enoveladas nos dentes do bicho feroz, quer dizer, da mulher.

Vamos! Uma boa cacetada para acalmá-la, já que dardeja olhares terríveis de cobiça na comida que lhe foi arrebatada! Meu Deus! O cacete não é aquela vara de comédia; você ouviu ressoar a carne, malgrado o pelo postiço? Por isso é que os olhos lhe saem agora das órbitas, e ela berra *mais natural*. Faísca toda de raiva, igual ao ferro malhado.

Tais são os hábitos conjugais desses dois descendentes de Eva e de Adão, dessas obras de vossas mãos, ó meu Deus! Essa mulher é incontestavelmente infeliz, embora, feitas as contas, o gozo titilante da glória não lhe seja, talvez, desconhecido. Há infortúnios mais irremediáveis e sem compensação. Mas, no mundo, onde foi posta, ela jamais pôde acreditar que a mulher merecesse outro destino.

Agora nós dois, minha querida preciosa! Vendo os infernos de que o mundo está povoado, o que quer que eu pense de seu lindo inferno, você que só dorme nos lençóis tão suaves quanto sua pele, só come carne cozida, e para quem um doméstico hábil corta cuidadosamente os pedacinhos?

E o que podem significar, para mim, todos esses suspiros que incham seu peito cheiroso, robusta coquete? E todos esses melindres aprendidos nos livros, e essa incansável melancolia que deve inspirar ao espectador um sentimento bem diferente da piedade? Às vezes, toma-me realmente a vontade de lhe ensinar o que é uma verdadeira desgraça.

Vendo-a assim, minha bela delicada, os pés na lama e os olhos virados vaporosamente para o céu, como que para lhe reclamar um rei, você assemelha-se a uma jovem rã invocando o ideal. Se você desprezar o cafajeste (que sou atualmente, como bem sabe), cuidado com a garça *que a trincará, engolirá e matará a seu bel-prazer*!

Sendo poeta, não sou tão lorpa como você gostaria de crer, e se me aborrecer demasiadamente com suas *preciosas* lamúrias, vou tratá-la como *mulher selvagem* ou então jogá-la pela janela como uma garrafa vazia.

XII
As multidões

Mergulhar na multidão não é para qualquer um; usufruir a turbamulta é uma arte, e só aquela pessoa a quem uma fada insuflou, ainda no berço, o gosto pelas fantasias e máscaras, o ódio pelo domicílio fixo e a paixão pela viagem é que consegue fazer, à custa do gênero humano, sua farra de vitalidade.

Multidão, solidão: termos iguais e conversíveis para um poeta ativo e fecundo. Quem não sabe povoar sua solidão tampouco sabe ficar só numa turba azafamada.

O poeta goza desse incomparável privilégio, porque sabe, à sua guisa, ser ele mesmo e outrem. Como aquelas almas errantes à procura de um corpo, ele entra, quando quiser, na personalidade de qualquer um. Só para ele tudo está disponível; e se alguns locais lhe parecem fechados, é que, a seu ver, não vale a pena visitá-los.

O passeador solitário e pensativo tira uma singular embriaguez dessa comunhão universal. Aquele que integra facilmente a turba conhece os prazeres febris de que eternamente serão privados o egoísta, fechado como um cofre, e o preguiçoso, internado feito um molusco. Ele adota, como se fossem suas, todas as profissões, todas as alegrias e misérias que as circunstâncias lhe apresentam.

O que as pessoas chamam de amor é muito pequeno, muito restrito e muito fraco em comparação àquela inefável orgia, àquela santa prostituição da alma que se entrega inteiramente, toda poesia e caridade, ao imprevisto que se mostra, ao ignoto que passa.

Seria bom ensinar, às vezes, aos felizes do mundo — nem

que fosse apenas para humilhar, por um instante, seu tolo orgulho —, que há felicidades superiores à deles, mais amplas e mais refinadas. Os fundadores das colônias, os pastores dos povos, os missionários exilados nos confins do mundo conhecem, sem dúvida, alguma dessas misteriosas inebriações; e, no seio da grande família que seu gênio se fez, eles devem rir-se, de vez em quando, daqueles que lamentam sua fortuna tão irrequieta e sua vida tão casta.

XIII
As viúvas

Vauvenargues diz que, nos jardins públicos, há aleias frequentadas principalmente pela ambição decepcionada, pelos inventores malsucedidos, pelas glórias abortadas, pelos corações partidos, por todas aquelas almas tumultuosas e fechadas em que murmuram ainda os últimos suspiros da tempestade e que recuam longe do olhar insolente dos joviais e ociosos. Esses retiros sombrosos são os pontos de encontro dos magoados pela vida.

É sobretudo a esses lugares que o poeta e o filósofo gostam de dirigir suas ávidas conjecturas. Ali é que há pasto espiritual! Pois, se existe um local que eles desdenham de visitar, é, antes de tudo, a alegria dos ricos, como acabei de insinuar. Aquela turbulência no vazio não tem nada que os seduza. Pelo contrário, eles se sentem irresistivelmente atraídos por tudo o que é fraco, arruinado, aflito, órfão.

Um olho experiente nunca se engana. Nesses traços rígidos ou abatidos, nesses olhos fundos e baços ou alumiados pelos últimos clarões da luta, nessas rugas profundas e numerosas, nesses passos tão lentos ou sincopados, ele decifra logo as inúmeras lendas do amor traído, da abnegação desprezada, dos esforços não recompensados, da fome e do frio humilde e silenciosamente suportados.

Vocês já repararam, alguma vez, nas viúvas sentadas naqueles bancos solitários, nas viúvas pobres? Estejam elas de luto ou não, é fácil reconhecê-las. Aliás, o luto do pobre sempre tem algo que falta, uma ausência de harmonia que o torna mais pungente ainda. Ele se vê obrigado a economizar no seu sofrimento. O rico porta o dele bem completo.

Qual é a viúva mais triste e mais entristecedora, a que arrasta pela mão uma criança com quem nem pode compartilhar seu devaneio, ou a que está sozinha? Não sei... Aconteceu-me uma vez seguir, durante longas horas, uma velha mulher contristada desta espécie: hirta, toda ereta, com um pequeno xale usado, havia em todo o seu ser uma altivez estoica.

Ela estava evidentemente condenada, por uma absoluta solidão, aos hábitos do velho celibatário, e o caráter masculino dos seus costumes acrescentava um picante misterioso à sua austeridade. Não sei em que miserável café e de que jeito ela almoçava. Fui atrás dela à sala de leitura e fiquei, por muito tempo, espiando, enquanto ela procurava com os olhos ativos, outrora queimados pelas lágrimas, as notícias de interesse potente e pessoal nas gazetas.

Enfim, à tarde, sob um fascinante céu de outono, um daqueles céus de onde descem em massa os pesares e lembranças, ela sentou-se num cantinho do jardim para ouvir, longe da multidão, um dos concertos com que a música dos regimentos gratifica o povo parisiense.

Era, sem dúvida, lá o pequeno deboche da velha inocente (ou purificada), o consolo bem ganho de um daqueles dias pesados sem amigo, sem conversa, sem alegria, sem confidente, que Deus deixava caírem sobre ela — havia muitos anos, talvez! — trezentas e sessenta e cinco vezes por ano.

E mais uma: nunca me posso impedir de lançar um olhar, senão universalmente simpático, ao menos curioso, sobre a multidão de párias que se espremem ao redor do recinto de um concerto público. A orquestra joga através da noite os cantos de festa, de triunfo ou de volúpia. Os vestidos arrastam-se faiscantes; os olhares se cruzam; os ociosos, cansados de nada terem feito, bamboleiam-se, fingindo degustarem indolentemente a música. Por aqui, apenas ricos e felizes; apenas o que respira e inspira a indolência e o prazer de deixar-se viver; apenas... salvo o aspecto daquela turba que se debruça na barreira exterior, apanhando grátis, ao gosto do vento, um trecho de música e olhando a cintilante fornalha interior.

É sempre coisa interessante esse reflexo da alegria do rico

no fundo dos olhos do pobre. Mas naquele dia, através do povo vestido de blusas e de indiana, eu avistei um ser cuja nobreza fazia um tremendo contraste com toda a trivialidade circunvizinha.

Era uma mulher alta, majestosa e extremamente nobre em toda a sua aparência, a tal ponto que não me lembro de ter visto nada semelhante nas coleções das belezas aristocráticas do passado. Um aroma de altiva virtude emanava de toda a sua pessoa. O rosto triste e emagrecido estava em perfeito acordo com o grande luto de que estava revestida. Igual à plebe, a que se tinha mesclado e a qual não via, ela mirava o mundo luminoso com seus olhos profundos e escutava, abanando de leve a cabeça.

Singular visão! "Com certeza", disse comigo mesmo, "aquela pobreza, se for a pobreza, não deve admitir a sórdida economia, um rosto tão nobre me prova isso. Por que será que ela fica voluntariamente num meio onde faz uma mancha tão reluzente?"

Mas ao passar, curioso, atrás dela, achei que tivesse adivinhado o motivo. A alta viúva segurava pela mão uma criança vestida, como ela mesma, de preto; por módico que fosse o preço de entrada, esse preço bastava, talvez, para pagar uma das necessidades do pequeno ser ou, melhor ainda, uma superfluidade, um brinquedo.

E ela voltará a pé, meditativa e sonhadora, sozinha, sempre sozinha; pois a criança é turbulenta, egoísta, sem ternura nem paciência, e não pode mesmo, nem como um mero animal, um cão ou um gato, servir de confidente às dores solitárias.

XIV
O VELHO SALTIMBANCO

Por toda parte, espalhava-se, ostentava-se, divertia-se o povo desocupado. Era uma daquelas solenidades com as quais contam, de antemão, os saltimbancos, os mágicos, os adestradores de animais e os vendedores ambulantes, para compensar o período ruim do ano.

Nesses dias, parece-me que o povo esquece tudo, a meiguice e o trabalho, assemelhando-se às crianças. Para os pequenos, é um dia de folga, o horror da escola dispensado por vinte e quatro horas. Para os grandes, é um armistício feito com as potências malfazejas da vida, uma pausa na repressão e na luta universais.

É com dificuldade que o homem do mundo e o homem ocupado de trabalhos espirituais escapam da influência do júbilo popular. Sem o saberem, eles absorvem sua parte dessa atmosfera leviana. Quanto a mim, não deixo nunca, como um verdadeiro parisiense, de passar em revista todas as barracas que se pavoneiam nessas épocas solenes.

Na verdade, elas concorriam entre si de modo formidável, piando, mugindo, uivando. Era uma mistura de gritos, estrondos de cobre e explosões de foguetes. Os palhaços e os maricas contraíam os traços do rosto moreno, tostado pelo vento, chuva e sol, soltando, com o aprumo dos comediantes seguros de seus efeitos, os palavrões e as piadas de um cômico forte e pesado como o de Molière. Os Hércules, orgulhosos com a enormidade dos seus membros, sem testa nem crânio tais quais os orangotangos, exibiam-se majestosamente de maiôs lavados, às vésperas, para a ocasião. As dançarinas, lindas como as fadas ou princesas, pulavam e cabriolavam iluminadas pelo fogo das lanternas que enchiam suas saias de chispas.

Tudo era só luz, poeira, grita, alegria, tumulto; uns gastavam e os outros ganhavam, ambos igualmente felizes. As crianças penduravam-se nos saiotes da mãe para obter um pirulito ou montavam nos ombros do pai para verem melhor um escamoteador deslumbrante como um deus. E por toda parte circulava, dominando todos os perfumes, um cheiro de fritura, que era como o incenso da festa.

Finalmente, ao cabo do renque de barracas — como se, envergonhado, ele se tivesse arredado, por si mesmo, de todos esses esplendores — eu vi um pobre saltimbanco ancião, encurvado, decrépito, uma ruína de homem, encostado num dos postes da sua tenda, uma tenda mais miserável que a choça do selvagem mais embrutecido, e cuja penúria estava, ainda por cima, muito bem iluminada por dois cotos de tocha derretidos e fumegantes.

Por toda parte, alegria, ganância, deboche; por toda parte, a certeza do pão para os dias seguintes; por toda parte, uma explosão frenética de vitalidade. Aqui, a miséria absoluta, uma miséria ridicularizada, para cúmulo do horror, pelos farrapos cômicos em que a necessidade, muito mais do que a arte, havia introduzido o contraste. Ele não ria, coitado! Ele não chorava nem dançava, nem gesticulava, nem gritava; ele não cantava nenhuma canção engraçada nem lamentável; ele não implorava. Estava mudo e imóvel. Havia renunciado, abdicara. O destino dele estava determinado.

Mas que olhar profundo, inesquecível ele passava pela multidão e pelas luzes, cuja maré volúvel se detivera a uns passos da sua repulsiva miséria! Senti minha garganta cerrada pela mão terrível da histeria, e meus olhos pareceram turvados por aquelas lágrimas rebeldes que não querem cair.

O que fazer? Para que perguntar ao infortunado que curiosidade, que maravilha ele tinha a mostrar nessas trevas fedidas, atrás desse pano esburacado? Na verdade, faltou-me coragem, e, mesmo que a razão da minha timidez lhes faça rir, confessarei que receava humilhá-lo. Acabava, enfim, de decidir que poria, de passagem, algumas moedas sobre uma das suas pranchas, esperando que ele adivinhasse minha intenção, quando, causada por não sei que confusão, a maré vazante de povo me levou para longe dele.

E voltando para casa, obcecado por essa visão, tentei analisar minha súbita dor e disse comigo: acabo de ver a imagem do velho homem de letras que sobreviveu à geração da qual era um brilhante recreador, do velho poeta sem amigos, sem família nem filhos, degradado pela sua miséria e pela ingratidão pública, e em cuja barraca a gente esquecida não quer mais entrar!

XV
O BOLO

Eu viajava. A paisagem, no meio da qual me tinha plantado, era de uma grandeza e uma nobreza irresistíveis. Não há dúvida de que, naquele momento, algo aconteceu na minha alma. Meus pensamentos esvoaçavam com uma leveza igual à da atmosfera; as paixões vulgares, tais como o ódio e o amor profano, mostravam-se tão distantes quanto os nimbos a desfilarem no fundo dos abismos, sob os meus pés; minha alma me parecia tão vasta e pura quanto a cúpula do céu que me envolvia; as lembranças das coisas terrestres só vinham ao meu coração atenuadas e diminutas como o som das sinetas do gado que passava, imperceptível, longe, bem longe, pela encosta da outra montanha. Sobre uma lagoa imóvel, negra em razão de sua imensa profundidade, passava, de vez em quando, a sombra de uma nuvem, como o reflexo do manto de um gigante aéreo voando através do céu. Recordo-me de uma sensação solene e rara, causada por um grande movimento perfeitamente silencioso, encher-me de uma mistura de alegria e medo. Resumindo, sentia-me, graças à entusiástica beleza que me rodeava, em plena paz comigo mesmo e com o universo; creio que, na minha perfeita beatitude e no total esquecimento de todo o mal terrestre, eu chegara a não achar mais tão ridículos os jornais afirmando o homem ter nascido bom — quando, renovando a matéria incurável suas exigências, pensei em mitigar o cansaço e saciar a fome causados por uma tão longa escalada. Tirei do meu bolso um grosso pedaço de pão, uma caneca de couro e um frasco de certo elixir que os boticários vendiam, naquele tempo, aos turistas, para o misturarem, na ocasião, com água de neve.

Eu recortava tranquilamente meu pão, quando um barulho bem leve me fez levantar os olhos. Diante de mim estava um pequeno ser esfarrapado, preto, de cabelo em pé, cujos olhos fundos, bravios e como que suplicantes, devoravam o pedaço de pão. Ouvi-o sussurrar, com uma voz baixa e rouca, uma palavra: *bolo!* Não pude deixar de rir, ouvindo a denominação com que ele queria honrar meu pão quase branco; cortei uma bela fatia e ofereci-lha. O homenzinho aproximou-se lentamente, sem despregar os olhos do objeto de sua cobiça; depois, agarrando o pedaço, recuou depressa, como se temesse que minha oferta não fosse sincera ou que eu já estivesse arrependido.

Mas, no mesmo instante, ele foi derrubado por outro pequeno selvagem, saído não sei de onde e tão perfeitamente idêntico ao primeiro que poderia ser tomado por seu irmão gêmeo. Juntos eles rolaram pelo chão, disputando a preciosa presa, nenhum disposto, sem dúvida, a sacrificar metade dela para o irmão. O primeiro, exasperado, agadanhou o segundo pelos cabelos; o outro lhe pegou a orelha com os dentes e cuspiu um pedacinho ensanguentado dela com uma forte palavrada rústica. O legítimo proprietário do bolo tentou enfiar suas pequenas garras nos olhos do usurpador que, por sua vez, aplicou todas as forças para estrangular o adversário com uma mão, tratando, com a outra, de pôr no bolso o troféu do combate. Mas, reanimado pelo desespero, o vencido endireitou-se e, com uma cabeçada na barriga, fez o vencedor rolar pelo chão. Para que descrever a luta hedionda que durou, na realidade, mais tempo do que suas forças infantis teriam prometido? O bolo passava de mão em mão e mudava de bolso a cada instante; infelizmente, ele mudava também de volume, e quando, enfim, exaustos, ofegantes, ensanguentados, eles pararam, incapazes de continuar, não havia mais, a falar verdade, nenhum objeto de batalha: o pedaço de pão desaparecera, espalhado em migalhas iguais aos grãos de areia com que estava mesclado.

Esse espetáculo me ofuscara a paisagem, e a calma alegria em que se banhava minha alma, antes de ter visto aqueles homenzinhos, havia totalmente desaparecido. E, por um bom tempo, eu fiquei triste, repetindo sem cessar: "Existe, pois, um país soberbo onde o pão se chama de *bolo*, iguaria tão rara que basta para engendrar uma guerra plenamente fratricida!"

XVI
O RELÓGIO

Os chineses veem as horas nos olhos dos gatos.
Um dia, um missionário, passeando nos arredores de Nanquim, percebeu que tinha esquecido o relógio e perguntou a um garotinho que horas eram.

A princípio, o moleque do celeste Império ficou indeciso; depois, mudando de ideia, respondeu: "Já vou lhe dizer", e foi embora. Passados alguns instantes, ele reapareceu, segurando nas mãos um gato bem gordo, e, fitando-lhe, como se diz, o branco do olho, afirmou sem hesitar: "Ainda não passou do meio-dia". O que era verdade.

Quanto a mim, se me chego à bela Felina — que nome justo! — que é, de uma só vez, a honra do seu sexo, o orgulho do meu coração e o perfume do meu espírito, quer seja de noite, quer seja de dia, em plena luz ou numa escuridão opaca, no fundo dos seus adoráveis olhos eu sempre vejo distintamente o tempo, sempre o mesmo, um tempo vasto, solene, grande como o espaço, não dividido em minutos nem em segundos — um tempo imóvel que não é marcado pelos relógios e, todavia, leve como um suspiro, rápido como uma olhada.

E se algum importuno me viesse incomodar, enquanto meu olhar repousasse sobre esse mostrador delicioso, se um Gênio desonesto e intolerante, um Demônio do contratempo viesse dizer-me: "O que é que estás olhando com tanta atenção? O que estás procurando nos olhos desse ser? Por acaso, vês lá as horas, mortal pródigo e vadio?" — responderia sem hesitar: "Sim, lá vejo as horas: é a Eternidade!"

Não é, Senhora, um madrigal realmente meritório e tão

enfático quanto você? Na verdade, tive tanto prazer em bordar esse pretensioso galanteio que não lhe pedirei nada em troca.

XVII
Um hemisfério numa cabeleira

Deixa-me respirar, por muito, muito tempo, o aroma dos teus cabelos, mergulhar neles todo o meu rosto, como um homem sedento nas águas de um riacho, e agitá-los com a mão, feito um lenço perfumado, para espalhar recordações no ar.

Se tu pudesses saber tudo o que vejo, tudo o que sinto, tudo o que ouço nos teus cabelos! Minha alma viaja pelo perfume como a alma dos outros homens pela música.

Teus cabelos contêm todo um sonho cheio de velames e mastros; há neles grandes mares, cujas monções me levam para as plagas encantadoras, onde o espaço é mais azul e mais profundo e a atmosfera é impregnada de olores dos frutos, das folhas e da pele humana.

No oceano da tua cabeleira, eu entrevejo um porto a pulular de cantos melancólicos, de vigorosos homens de todas as nações e de navios de todas as formas, cujas arquiteturas finas e complexas se destacam sobre um céu imenso, onde se refestela o eterno calor.

Acariciando tua cabeleira, eu redescubro o langor das longas horas passadas num divã, na cabine de um belo navio, embaladas pelo balanço imperceptível do porto, entre os potes de flores e cântaros d'água fresca.

No ardente forno da tua cabeleira, eu respiro o odor de tabaco misturado com ópio e açúcar; na escuridão da tua cabeleira, eu vejo resplandecer o infinito do azul tropical; pelas margens aveludadas da tua cabeleira, eu me embriago com cheiros entrelaçados de alcatrão, almíscar e óleo de coco.

Deixa-me morder longamente as tuas tranças pesadas e negras. Quando mordisco teus cabelos dóceis e rebeldes, parece-me que estou comendo recordações.

XVIII
Convite para a viagem

Dizem que há um país excelso, uma Terra Prometida que sonho visitar com uma velha amiga. Um país singular, imerso nas brumas do nosso Norte, e que se poderia chamar o Oriente do Ocidente, a China da Europa, tanto a cálida e caprichosa fantasia se deu largas ali, tanto ela o ilustrou, paciente e perseverante, com suas doutas e delicadas vegetações.

Uma verdadeira Cocanha, onde tudo é belo, rico, tranquilo, honesto; onde o luxo tem o prazer de espelhar-se na ordem; onde a vida é fértil e doce de respirar; de onde a desordem, a turbulência e o imprevisto são expulsos; onde a felicidade se une ao silêncio; onde até a cozinha é poética, gordurosa e excitante ao mesmo tempo; onde tudo se parece contigo, meu anjo querido.

Tu conheces aquela doença febril que se apodera de nós nas frias misérias, aquela nostalgia do país que a gente ignora, aquela angústia da curiosidade? Há uma terra que se parece contigo, onde tudo é belo, rico, tranquilo e honesto, onde a fantasia ergueu e decorou uma China ocidental, onde a vida é doce de respirar: onde a felicidade se une ao silêncio. É lá que devemos ir viver, é lá que devemos ir morrer!

Sim, é lá mesmo que se deve ir respirar, sonhar e alongar as horas com o infinito das sensações. Um músico escreveu o *Convite para a valsa*; quem comporá, então, o *Convite para a viagem* que se possa oferecer à mulher amada, à irmã de eleição?

Sim, é nessa atmosfera que se viveria bem — lá onde, mais lentas, as horas contêm mais pensamentos, onde os relógios tocam a felicidade com uma solenidade mais profunda e significativa.

Sobre as telas brilhosas ou sobre os couros dourados e de uma riqueza sombria, vivem discretamente os quadros beatos, calmos e profundos como a alma dos artistas que os criaram. Os raios do sol no ocaso, que colorem tão fartamente a sala de jantar ou o salão, vêm peneirados pelos belos estofos ou por aquelas altas janelas ornadas que o chumbo divide em numerosos compartimentos. Os móveis são grandes, originais, garbosos, armados de fechaduras e de segredos como as almas refinadas. Os espelhos, os metais, os tecidos, a ourivesaria e a faiança, lá tocam uma sinfonia muda e misteriosa para os olhos; e de todas as coisas, de todos os cantos, das fissuras das gavetas e das pregas dos estofos emana, como se fosse a alma do apartamento, um perfume singular, uma reminiscência de Sumatra.

Digo-te, uma verdadeira Cocanha, onde tudo é rico, límpido e brilhante como uma bela integridade, como uma magnífica bateria de cozinha, como uma esplêndida ourivesaria, como uma bijuteria versicolor! Os tesouros do mundo inteiro convergem lá como na casa de um homem laborioso e que bem os merece. Um país singular, superior aos outros como a Arte à Natureza, onde esta é reformada pelo sonho, corrigida, embelezada, remodelada.

Que busquem, que busquem cada vez mais, que dilatem sem parar os limites da sua felicidade, esses alquimistas da horticultura! Que proponham os preços de sessenta e de cem mil florins a quem resolver seus ambiciosos problemas! Eu mesmo achei minha *tulipa negra* e minha *dália azul*!

Flor incomparável, tulipa reencontrada, alegórica dália, é lá, para esse belo país tão calmo e sonhador, que devemos ir viver e florir, não é? Não estarias assim enquadrada na tua analogia, não poderias espelhar-te, para um concurso místico, na tua própria *correspondência*?

Sonhos, sempre os sonhos! E mais a alma é ambiciosa e delicada, mais os sonhos afastam-na do possível. Toda pessoa traz em si uma dose de ópio natural incessantemente secretada e renovada, e, do nascimento até a morte, quantas horas cheias de prazer positivo, de ações audaciosas e bem-

-sucedidas é que contamos? Viveremos algum dia, faremos algum dia parte desse quadro que pintou meu espírito, do quadro que se parece contigo?

Esses tesouros, esses móveis, esse luxo, essa ordem, esses perfumes, essas flores miraculosas — és tu. Ainda és tu, esses grandes rios e canais tranquilos. Os enormes navios que eles levam, todos carregados de riquezas e de onde sobem os cantos monótonos da manobra, são meus pensamentos que dormem ou revolvem-se no teu peito. Suavemente, tu os conduzes para o mar que é o infinito, espelhando as profundezas do céu na limpidez da tua bela alma; e quando, cansados do marulho e abarrotados de produtos do Oriente, eles regressam ao porto natal, são de novo meus pensamentos enriquecidos que voltam do infinito a ti.

XIX
O BRINQUEDO DO POBRE

Quero representar uma diversão inocente. Há poucos divertimentos que não sejam culpáveis!

Quando você sair, de manhã, com a firme intenção de flanar pelas grandes estradas, encha seus bolsos de bugigangas de um vintém, tais como o tosco palhaço movido por um só fio, os ferreiros que martelam a bigorna, o cavaleiro e seu cavalo cujo rabo é um apito, e ao longo das bodegas, ao pé das árvores, dê-as de presente às crianças desconhecidas e pobres que encontrar. Você verá seus olhos se abrirem desmesuradamente. A princípio, nem se atreverão a pegar o presente, duvidando da sua felicidade. Depois suas mãos o agarrarão vivamente, e, correndo, elas irão embora como fazem os gatos que, tendo aprendido a desconfiar do homem, vão comer longe de você o pedaço que lhes der.

Numa estrada, atrás da cerca de um vasto jardim, no fundo do qual se avistava o alvor de um belo palacete ensolarado, estava um menino lindo, que emanava frescor, usando aquelas roupas de veraneio tão cheias de garridice.

O luxo, a indolência e o espetáculo habitual da riqueza tornam esses meninos tão lindos que eles nem parecem feitos da mesma massa que as crianças da mediania ou da pobreza.

Ao lado dele, jazia na grama um boneco esplêndido, tão fresco quanto seu dono, brilhante, dourado, vestido de um traje purpúreo e recoberto de plumas e miçangas. Mas o menino não se preocupava com seu brinquedo preferido, e eis o que ele mirava: do lado oposto da cerca, na estrada, entre os cardos e as urtigas, havia outro menino, sujo, mofino, fuliginoso, um daqueles párias mirins cuja beleza seria descoberta por um olho imparcial, se — como o olho do conhecedor adivinha um quadro ideal sob o verniz de pinta-monos — ele o limpasse da repugnante pátina da miséria.

Através dessas grades simbólicas separando dois mundos, a grande estrada e o palacete, o menino pobre mostrava ao rico seu próprio brinquedo, que o outro examinava avidamente, como uma coisa rara e desconhecida. Pois esse brinquedo com que o menino sujo bulia, sacudindo-o numa gaiola, era uma ratazana viva! Os pais — sem dúvida, para economizar — haviam tirado o brinquedo da vida mesma.

E os dois meninos riam-se um para o outro fraternamente, com os dentes de *igual* brancura.

XX
Os dons das Fadas

Era uma grande assembleia das Fadas para proceder à partilha dos dons entre todos os recém-nascidos vindos à luz em vinte e quatro horas.

Todas essas antigas e caprichosas Irmãs do Destino, todas essas Mães bizarras da alegria e do sofrimento eram bem diferentes: umas tinham ares sombrios e mal-humorados, as outras, ares lúdicos e travessos; umas, jovens, sempre tinham sido jovens; as outras, velhas, sempre tinham sido velhas.

Todos os pais que acreditavam em Fadas tinham vindo, e cada um trazia nos braços seu recém-nascido.

Os Dons, as Faculdades, as boas Venturas, as invencíveis Circunstâncias estavam acumulados ao lado do tribunal, como os prêmios, numa distribuição destes, em cima do estrado. O que havia de particular é que os Dons não eram a recompensa de um esforço, mas, pelo contrário, uma graça concedida àquele que ainda não tinha vivido, uma graça capaz de determinar seu destino e tornar-se tanto a fonte do seu infortúnio quanto a da sua felicidade.

As pobres Fadas estavam muito atarefadas, já que a multidão dos solicitadores era grande, e o mundo intermediário, posto entre o homem e Deus, está sujeito, como todos nós, à terrível lei do Tempo e da sua infinita posteridade: Dias, Horas, Minutos, Segundos.

Na verdade, elas estavam tão aturdidas quanto os ministros num dia de audiência, ou os empregados do Montepio, quando uma festa nacional autoriza os resgates gratuitos. Eu acho mesmo que seguiam, de vez em quando, o ponteiro do relógio com a impaciência dos juízes humanos que, deliberando desde a manhãzinha, não podem deixar de sonhar com o jantar, a família e suas caras pantufas. Se há, na justiça sobrenatural, um pouco de precipitação e azar, não é de admirarmos que o mesmo aconteça, às vezes, na justiça humana. Nós mesmos seríamos, nesse caso, juízes injustos.

Portanto foram cometidas, nesse dia, algumas gafes que poderiam ser consideradas esquisitas, se a prudência, mais que o capricho, fosse a característica distintiva e eterna das Fadas.

Assim, o poder de atrair magneticamente a fortuna foi adjudicado ao único herdeiro de uma família muito rica, o qual, não sendo dotado de nenhum senso de caridade, tampouco da cobiça pelos bens mais visíveis da vida, deveria ficar, mais tarde, prodigiosamente embaraçado pelos seus milhões.

Assim, foram dados o amor ao Belo e o Poder poético ao filho de um pobre pedreiro que, de modo algum, podia auxiliar essas faculdades nem atender às demandas da sua deplorável progenitura.

Esqueci-me de dizer-lhes que, nesses casos solenes, a distribuição se faz sem chamada, e que nenhum dom pode ser recusado.

Todas as Fadas se levantavam, achando que sua tarefa penosa estivesse cumprida; é que não sobrava mais nenhum presente, nenhuma generosidade a jogar a toda essa escória humana, quando um bravo homem — creio eu, um pobre pequeno comerciante — levantou-se e, pegando no vestido de vapores multicolores da Fada que estava mais ao alcance dele, exclamou: "Ei, a Senhora está se esquecendo da gente! Ainda tem meu pequerrucho! Eu não gostaria de ter vindo por nada".

A Fada poderia ficar embaraçada, pois não sobrara realmente *nada*. Entretanto, ela se lembrou a tempo de uma lei bem conhecida, embora raramente aplicada, no mundo sobrenatural, habitado por aquelas divindades impalpáveis, amigas do homem e frequentemente constrangidas a adaptar-se às paixões dele, tais como as Fadas, os Gnomos, as Salamandras, as Sílfides, os Silfos, as Ninfas e as Ondinas —, estou falando da lei que concede às Fadas, num caso semelhante a esse, isto é, no de que os lotes estejam esgotados, a faculdade de darem mais um, suplementar e excepcional, contanto que a Fada tenha bastante imaginação para criá-lo imediatamente.

Então a boa Fada respondeu, com um aprumo digno da sua posição: "Eu dou ao teu filho... eu dou a ele... o *Dom de agradar*!"

"Como assim, agradar? Agradar... Agradar por quê?", perguntou, teimoso, o pequeno lojista, que era, sem dúvida, um daqueles arrazoadores tão comuns, incapazes de elevar-se até a lógica do Absurdo.

"Porque sim, porque sim!", replicou a Fada enfurecida, virando-lhe as costas. E, juntando-se ao cortejo das suas companheiras, disse-lhes: "O que vocês acham desse francesinho vaidoso, que quer tudo compreender, e, tendo obtido para o filho o melhor dos lotes, ainda ousa questionar e discutir o indiscutível?"

XXI
As tentações ou Eros, Pluto e a Glória

Dois soberbos Satãs e uma Diáboa não menos extraordinária subiram, na noite anterior, a escada misteriosa pela qual o Inferno toma de assalto a fraqueza do homem que dorme e comunica-se secretamente com ele. E vieram postar-se, gloriosos, à minha frente, de pé como num palco. Um esplendor sulfúreo emanava desses três personagens que se destacavam assim sobre o fundo opaco da noite. Eles tinham ares tão orgulhosos e cheios de dominação que, a princípio, tomei os três pelos verdadeiros Deuses.

O rosto do primeiro Satã era de um sexo ambíguo, havendo também, nas linhas do seu corpo, a moleza dos antigos Bacos. Seus lindos olhos lânguidos, de uma cor tenebrosa e indistinta, assemelhavam-se às violetas ainda carregadas de pesadas lágrimas do temporal, e seus lábios entreabertos, às quentes caçoulas de onde se exalava o aroma de uma perfumaria; e, cada vez que ele suspirava, os insetos almiscarados iluminavam-se, esvoaçando, nos ardores do seu sopro.

Em volta da sua túnica de púrpura estava enroscada, à maneira de um cinto, uma serpente irisada que, elevando a cabeça, lhe dirigia langorosamente seus olhos em brasa. Nesse cinto vivo estavam suspensos, alternados com os vidros cheios de licores sinistros, os brilhantes facões e os instrumentos cirúrgicos. Com a mão direita, ele segurava um outro vidro, cujo conteúdo era escarlate, e que tinha por etiqueta essas palavras bizarras: "Bebei, este é o meu sangue, um perfeito cordial"; e com a mão esquerda, um violino que lhe servia, sem dúvida, para cantar suas delícias e dores, e propagar o contágio da sua loucura nas noites sabáticas.

Ele arrastava, presos aos tornozelos delicados, alguns elos de uma corrente de ouro rompida e, quando o incômodo resultante disso o forçava a abaixar os olhos, contemplava vaidosamente as unhas dos pés, brilhantes e polidas como as pedras bem lapidadas.

Ao mirar-me com os olhos inconsolavelmente aflitos, de onde escorria uma insidiosa embriaguez, ele me disse com uma voz cantante: "Se quiseres, se quiseres, tornar-te-ei o senhor das almas, e tu serás o dono da matéria viva, mais ainda que o escultor possa ser o do barro, e conhecerás o prazer, constantemente renascente, de sair de ti mesmo para esquecer-te em outrem e de atrair as outras almas até confundi-las com a tua".

E eu lhe respondi: "Muito obrigado! Não tenho o que fazer com essa pacotilha de seres que, sem dúvida, não valem mais que meu pobre eu. Se bem que tenha certa vergonha em recordar, não quero esquecer nada; e, mesmo que não te conheça, velho monstro, tua misteriosa cutelaria, teus vidros equívocos, as correntes, com que teus pés estão travados, são os símbolos que explicam, e com bastante clareza, as inconveniências da tua amizade. Guarda teus presentes".

O segundo Satã não tinha nem esse ar ao mesmo tempo trágico e sorridente, nem essas lindas maneiras insinuantes, nem essa beleza delicada e cheirosa. Era um homem volumoso, com um largo rosto sem olhos, cuja barriga pesada lhe caía nas coxas e a pele estava toda dourada e ornamentada, como se fosse uma tatuagem, de uma multidão de figurinhas móveis representando as numerosas formas da miséria universal. Havia uns homenzinhos macilentos que se enforcavam voluntariamente nos pregos; havia uns gnomos disformes, magros, cujos olhos suplicantes eram ainda mais eloquentes em pedir esmola do que suas mãos trêmulas, e, depois, umas velhas mães carregando os abortos suspensos nos seios extenuados. Havia também muitos outros.

O grosso Satã dava punhadas no seu imenso ventre, de

onde saía, então, um longo e retumbante tinido de metal que terminava num vago gemido feito de numerosas vozes humanas. E ria, mostrando descaradamente os dentes podres, com um enorme riso imbecil, como certos homens de todos os países riem após um jantar bom demais.

Ele me disse: "Posso dar-te o que obtém tudo, o que vale tudo, o que substitui tudo!" E bateu no seu ventre monstruoso, cujo eco sonoro completou sua fala grosseira.

Virando-lhe, com aversão, as costas, respondi: "Não preciso, para meu prazer, da miséria de ninguém; não quero uma riqueza entristecida, qual um papel de parede, com todas as desgraças pintadas na tua pele".

Quanto à Diáboa, estaria mentindo se não confessasse que, à primeira vista, lhe tinha atribuído um charme bizarro. Para definir esse charme, nada melhor do que compará-lo ao das beldades no ocaso, das que, entretanto, não envelhecem mais, e cuja beleza guarda a magia penetrante das ruínas. Ela parecia, ao mesmo tempo, imperiosa e desajeitada, e seus olhos, embora baços, continham uma força fascinante. Mas o que mais me impressionou foi o mistério da sua voz, em que achei a lembrança dos contraltos mais deliciosos, bem como um pouco de rouquidão das goelas incessantemente lavadas pela aguardente.

"Queres conhecer meu poderio?", disse a falsa deusa com sua voz sedutora e paradoxal. "Escuta."

E ela embocou uma gigantesca trombeta enfitada, tal qual um cornetão, com os títulos de todos os jornais do universo e gritou nela meu nome, que rolou assim através do espaço com o estrondo de cem mil trovões e voltou-me repercutido pelo eco do mais distante planeta.

"Diabo!", disse eu, meio subjugado. "Eis o que é precioso!" Porém, quando examinei com mais atenção a sedutora virago, pareceu-me vagamente que a reconhecia por tê-la visto brindar com uns velhacos do meu conhecimento; e o som rouco de cobre trouxe aos meus ouvidos não sei que reminiscência de uma trombeta prostituída.

Por isso é que respondi, com todo o meu desdém: "Vai

embora! Não fui feito para me casar com a amante daqueles que nem quero nomear".

Decerto tinha o direito de orgulhar-me de uma tão corajosa abnegação! Infelizmente despertei, e toda a minha força me abandonou. "Na verdade", disse comigo mesmo, "devia estar dormindo como uma pedra para mostrar tais escrúpulos. Ah, se eles pudessem voltar, enquanto estivesse acordado, não me fingiria tanto de mocinho!"

E invoquei-os alto e bom som, implorando que me perdoassem, propondo-lhes que me desonrassem tanto quanto fosse preciso para merecer seus favores. Mas os havia, sem dúvida, ofendido profundamente, pois eles nunca mais voltaram.

XXII
O CREPÚSCULO VESPERTINO

A tarde vem caindo. Um grande apaziguamento se faz nos pobres espíritos cansados do labor diário, e seus pensamentos tomam agora as cores ternas e indecisas do crepúsculo.

Entrementes, do alto da colina, através das nuvens transparentes da tarde, chega até minha sacada um forte ruído composto de vários gritos discordantes, que o espaço transforma numa lúgubre harmonia, como a da maré que sobe ou de uma tempestade que acorda.

Quais são os infelizes que a tardinha não acalma e que tomam, iguais às corujas, a chegada da noite por um sinal de sabá? Esta sinistra ululação nos vem do triste hospício encarrapitado na colina; e de noite, fumando e contemplando o repouso do imenso vale repleto de casas, em que cada janela diz: "Aqui é que está a paz agora, aqui é que está a alegria da família!", eu posso, quando o vento sopra lá de cima, acalentar meu pensamento surpreso com essa imitação das harmonias do inferno.

O crepúsculo excita os loucos. — Lembro-me de ter tido dois amigos que o crepúsculo deixava muito doentes. Um deles desprezava então todas as relações de amizade e cortesia, maltratando, como um selvagem, a primeira pessoa que aparecesse. Vi-o jogar na cara de um mordomo um excelente frango em que achava ter percebido não sei que hieróglifo insultante. A tardinha, precursora das volúpias profundas, estragava-lhe as coisas mais suculentas.

O outro, um ambicioso frustrado, ficava, à medida que entardecia, mais azedo, sombrio, impertinente. Embora indulgente e sociável de dia, tornava-se inexorável de noite, e não apenas sobre outrem, como também sobre ele mesmo é que se exercia raivosamente sua mania crepuscular.

O primeiro morreu louco, incapaz de reconhecer a mulher e o filho; o segundo traz em si a inquietude de um mal-estar perpétuo, e mesmo que se visse gratificado com todas as honrarias que poderiam conceder as repúblicas e os príncipes, o crepúsculo ainda acenderia nele, creio eu, a abrasadora cobiça de distinções imaginárias. A noite, que metia suas trevas no espírito dele, põe a luz no meu, e, se bem que não seja raro vermos a mesma causa engendrar dois efeitos contrários, eu sempre fico meio intrigado e alarmado com ela.

Oh, noite; oh, refrescantes trevas, vós sois para mim o sinal de uma festa interior, sois a libertação de uma angústia! Na solidão das campinas, nos labirintos pedrosos de uma capital, cintilação das estrelas, explosão das lanternas, vós sois o fogo de artifício da deusa Liberdade!

Crepúsculo, como vós sois doce e terno! As luzes rosa que ainda se espalham, fugazes, pelo horizonte, como a agonia do dia sob a opressão vitoriosa da noite, os fogos dos candelabros que mancham de um vermelho opaco as últimas glórias do poente, as pesadas tapeçarias que uma mão invisível tira das profundezas do Oriente, imitam todos os sentimentos complexos que lutam, nas horas solenes da vida, no coração humano.

Dir-se-ia ainda um desses estranhos vestidos de dançarinas, cuja gaze transparente e sombria deixa entrevermos os esplendores amortecidos de uma saia lustrosa, como se o delicioso passado transparecesse sob o negro presente; e as estrelas cintilantes de ouro e de prata, de que ele está semeado, representam as luzes da fantasia que só se acendem bem sob o luto profundo da Noite.

XXIII
A SOLIDÃO

Um jornalista filantropo diz-me que a solidão é ruim para o homem e, em apoio da sua tese, cita, como todos os incrédulos, as palavras dos Pais da Igreja.

Sei que o Demônio gosta de frequentar os lugares áridos e que o Espírito de assassínio e de lascívia se inflama maravilhosamente nas solidões. Mas é possível que essa solidão seja perigosa apenas para uma alma ociosa e divagante que ela povoa de suas paixões e quimeras.

Decerto um palrador, cujo supremo prazer consiste em falar do alto de uma cátedra ou tribuna, correria grande risco de virar um louco furioso na ilha de Robinson. Sem exigir do meu jornalista as corajosas virtudes de Crusoé, peço que ele não acuse, em decreto, os amantes da solidão e do mistério.

Na nossa raça tagarela, há indivíduos que aceitariam o último suplício com menos repugnância, se lhes fosse permitido fazer, uma vez em cima do cadafalso, uma copiosa arenga sem recearem que os tambores de Santerre cortassem intempestivamente sua palavra.

Não tenho dó deles por adivinhar que suas efusões oratórias lhes proporcionam as volúpias iguais àquelas que os outros tiram do silêncio e do recolhimento, mas desprezo-os.

Quero, sobretudo, que meu maldito jornalista me deixe divertir-me à minha guisa. "Você, pois, nunca sente", diz-me num tom fanhoso e muito apostólico, "a necessidade de compartilhar seus prazeres?" Vejam bem esse sutil invejoso! Sabe que estou desdenhando os dele e vem insinuar-se nos meus, nojento desmancha-prazeres!

"Esta grande desgraça de não poder ficar só...", diz, nalgum lugar, La Bruyère, como que para envergonhar todos os que vão correndo esquecer-se na multidão — por medo, sem dúvida, de não se suportarem a si mesmos.

"Quase todas as nossas desgraças nos vêm de não termos sabido ficar no nosso quarto", diz um outro sábio, Pascal, lembrando assim, creio eu, na cela do seu recolhimento todos aqueles malucos que procuram a felicidade no movimento e numa prostituição que eu poderia chamar de *fraternalista*, se quisesse usar a bela linguagem do meu século.

XXIV
Os projetos

Ele dizia a si mesmo, passeando num grande parque solitário: "Como ela estaria linda com um traje de corte, requintado e faustoso, descendo, através da atmosfera de uma bela tarde, os degraus marmóreos de um palácio, em face dos grandes relvados e das piscinas! Pois ela parece naturalmente uma princesa".

Passando, mais tarde, por uma rua, ele parou diante de uma loja de gravuras e, achando numa das pastas uma estampa a representar certa paisagem tropical, disse consigo mesmo: "Não! Não é num palácio que gostaria de possuir minha querida. Lá não estaríamos *em casa*. Aliás, essas paredes cobertas de ouro nem sequer deixariam lugar para pendurar o retrato dela; nessas solenes galerias, não há um só canto para a intimidade. É *lá*, decididamente, que a gente deveria morar para cultivar o sonho da minha vida".

E, examinando os detalhes da gravura, ele continuava, mentalmente: "À beira do mar, uma bela casa de madeira rodeada de todas aquelas árvores nobres e brilhosas, cujo nome eu esqueci...; na atmosfera, um odor inebriante, indefinível...; dentro da casa, um forte perfume de rosa e almíscar...; mais longe, atrás do nosso pequeno domínio, as pontas dos mastros balançadas pelo marulho...; ao nosso redor, além do quarto iluminado por uma luz rosa peneirada pelas cortinas, decorado de novas esteiras e de flores capitosas, com umas raras cadeiras do rococó português feitas de uma madeira pesada e escura (onde ela repousaria tão calma, tão bem abanada, fumando o tabaco levemente opiado!), além da varanda, o alvoroço dos pássaros ébrios de luz e a tagarelice das meninas negras...; e de noite, para servir de acompanhamento aos meus sonhos, o canto plangente das árvores musicais, das melancólicas casuarinas! Sim, na verdade, é bem *lá* o cenário que procurava. O que faria com um palácio?"

E mais longe ainda, seguindo uma grande avenida, ele reparou num albergue limpinho, em cuja janela alegrada pelas cortinas de indiana versicolor assomavam duas caras risonhas. E logo disse a si mesmo: "Meu pensamento deve ser um grande andarilho para ir buscar tão longe o que está tão perto de mim. O prazer e a felicidade estão no primeiro albergue visto, num albergue casual, tão fecundo em volúpias. Um grande fogo, as faianças vistosas, uma ceia passável, um vinho rude e uma cama bem larga com os lençóis um pouco ásperos, mas frescos; o que há de melhor?"

E, retornando sozinho para casa, àquela hora quando os conselhos da Sabedoria não ficam mais abafados pelo burburinho da vida externa, ele disse consigo: "Hoje tive, em sonho, três domicílios em que achei igual prazer. Por que forçar meu corpo a mudar de lugar, já que minha alma viaja tão lestamente? E para que executar os projetos, se o projeto for, em si mesmo, um prazer suficiente?"

XXV
A bela Doroteia

O sol oprime a cidade com sua luz direta e terrível; a areia está deslumbrante, e o mar brilha. O mundo estupefato se desmancha com lassidão e faz a sesta, uma espécie de morte gostosa em que o dormente, meio desperto, saboreia as volúpias do seu aniquilamento.

Entretanto Doroteia, forte e orgulhosa como o sol, vai passando pela rua deserta, a única alma viva nesta hora, sob a imensidão azul, uma mancha resplandecente e negra no meio da luz.

Ela passa, balançando indolentemente seu torso tão fino sobre as ancas tão largas. Seu vestido colante de seda rosicler destaca-se vivamente sobre as trevas da sua pele e molda com exatidão a cintura alta, o dorso côncavo e os seios pontudos.

Peneirando a luz, uma sombrinha vermelha projeta sobre o rosto moreno o corante sanguíneo dos seus reflexos.

O peso da sua enorme cabeleira quase azul puxa para trás a cabeça delicada e dá-lhe um ar triunfante e preguiçoso. Os pesados penduricalhos gorjeiam discretamente nas mimosas orelhas dela.

De vez em quando, a brisa do mar levanta a barra da saia flutuante e mostra a perna brilhosa e soberba, e o pé, igual aos pés das deusas de mármore que a Europa enclausura nos seus museus, imprime fielmente sua forma na areia miúda. Doroteia é tão prodigiosamente coquete que o prazer de ser admirada prevalece nela sobre o orgulho da alforriada, e, mesmo que seja livre, ela anda descalça.

Ela vai passando assim, harmoniosamente, feliz de viver e sorrindo com um alvo sorriso, como se estivesse enxergando ao longe um espelho a refletir seu andar e sua beleza no espaço.

À hora de mesmo os cães gemerem de dor sob o sol que os morde, que poderoso motivo faz caminhar assim a preguiçosa Doroteia, bela e fria como o bronze?

Por que ela deixou sua casinha tão caprichosamente arrumada, cujas flores e esteiras criam, de tão pouco frescor, uma perfeita alcova, e onde ela tem tanto prazer de pentear-se, de fumar, de fazer-se abanar ou de mirar-se nos espelhos dos seus grandes leques de plumas, ao passo que o mar, batendo a praia a cem passos de lá, faz um potente e monótono acompanhamento aos indistintos devaneios dela, e que a marmita de ferro, em que ferve um guisado de caranguejos com arroz e açafrão, envia-lhe, do fundo do quintal, seus perfumes excitantes?

Talvez ela tenha encontro marcado com um jovem oficial que, nas plagas longínquas, ouviu os companheiros falarem da célebre Doroteia. Infalivelmente ela pedirá, simplória criatura, que lhe descreva o baile da Ópera, e perguntará se poderia ir lá de pés nus, como nas danças de domingo, em que até as velhas cafres ficam ébrias e furiosas de alegria; e, depois, se as belas damas de Paris são todas mais bonitas que ela.

Doroteia é admirada e afagada por todos, e estaria perfeitamente feliz se não fosse obrigada a empilhar vintém sobre vintém para resgatar sua pequena irmã, que tem onze anos e já está madura e tão linda! Sem dúvida, ela conseguirá, a boa Doroteia: o dono da criança é tão sovina, sovina demais para compreender outra beleza senão a dos escudos!

XXVI
Os olhos dos pobres

Ah, você quer saber por que a odeio hoje? Ser-lhe-á, sem dúvida, menos fácil entender isso do que me será explicar-lho, pois você é, creio eu, o mais belo exemplo da impermeabilidade feminina que se possa encontrar.

Nós passáramos juntos um longo dia que me parecera curto. Nós nos prometêramos que todos os nossos pensamentos nos seriam comuns, a um e ao outro, e que nossas duas almas fariam doravante uma só — um sonho que, no fim das contas, não tem nada de original, a não ser que, sonhado por todos, ele não tenha sido realizado por ninguém.

De noite, um pouco cansada, você quis sentar-se na frente de um novo café que formava a esquina de um bulevar novo, ainda todo cheio de cascalho e já mostrando gloriosamente seus esplendores inacabados. O café estava faiscando. Mesmo o gás desdobrava ali todo o ardor de uma estreia, iluminando de todas as forças as paredes cegantes de brancura, as deslumbrantes camadas de espelhos, o ouro das molduras e cornijas, os pajens de bochechas rechonchudas arrastados pelos cães em trela, as damas rindo ao falcão pousado na mão delas, as ninfas e deusas portando na cabeça frutas, pastéis e pratos de carne de caça, as Hebes e os Ganimedes apresentando, nos braços estendidos, uma pequena ânfora à bávara ou um obelisco bicolor de sorvete decorado — toda a história e toda a mitologia às ordens da gula.

Na nossa frente, sobre a calçada, estava plantado um homem de uns quarenta anos, de rosto cansado e barba grisalha, segurando pela mão um menino e levando, com o outro braço, um pequeno ser fraco demais para caminhar. Cumprindo o ofício de babá, ele fazia seus filhos tomarem o ar noturno. Todos esfarrapados. Esses três rostos estavam extraordinariamente sérios, e os seis olhos contemplavam fixamente o novo café com um pasmo igual, embora diferentemente nuançado pela idade.

Os olhos do pai diziam: "Como isso é belo! Como isso é belo! Todo o ouro do pobre mundo deve ter vindo para se assentar nessas paredes". Os olhos do menino: "Como isso é belo! Como isso é belo! Mas nessa casa só pode entrar quem não for como nós". Quanto aos olhos do menor, eles estavam fascinados demais para exprimir outras coisas senão uma alegria estúpida e profunda.

Dizem os cancionistas que o prazer torna a alma boa e amolece o coração. Nessa noite, a canção tinha razão no tocante a mim. Não apenas estava enternecido com essa família de olhos, mas também me sentia um pouco envergonhado com as nossas taças e garrafas, maiores que nossa sede. Eu dirigia meus olhares aos seus, meu amor, para ler neles *meu* pensamento, eu mergulhava nos seus olhos tão lindos e bizarramente doces, nos seus olhos verdes habitados pelo Capricho e inspirados pela Lua, quando você me disse: "Essas pessoas são insuportáveis com seus olhos abertos feito o portão da cocheira! Você não poderia pedir que o dono do café as enxotasse daqui?"

É tão difícil nos entendermos, meu anjo querido, e o pensamento é tão incomunicável, mesmo entre os que se amam!

XXVII
Uma morte heroica

Fancioulle era um admirável bufão e quase um dos amigos do Príncipe. Mas para as pessoas fadadas, pela sua condição, ao cômico, as coisas sérias têm uma atração fatal, e, se bem que possa parecer esquisito as ideias patrióticas e libertadoras apoderarem-se despoticamente do cérebro de um histrião, um dia Fancioulle entrou numa conspiração formada por alguns gentis-homens descontentes.

Por toda parte, existem as pessoas de bem denunciando ao poder aqueles indivíduos de humor atrabiliário que querem depor os príncipes e mudar, sem antes a consultarem, uma sociedade. Os senhores em questão foram presos, assim como Fancioulle, e condenados à morte certa.

Ser-me-ia fácil acreditar que o Príncipe ficara quase zangado de encontrar seu comediante favorito entre os rebeldes. O Príncipe não era melhor nem pior que qualquer outro soberano; porém uma excessiva sensibilidade tornava-o, muitas vezes, mais cruel e déspota que todos os outros. Apaixonado pelas belas-artes (e excelente conhecedor, aliás), ele era deveras insaciável em volúpias. Assaz indiferente em relação às pessoas e à moral, um verdadeiro artista ele mesmo, não conhecia outros inimigos perigosos senão o Tédio, e os bizarros esforços que fazia para fugir desse tirano do mundo, ou então vencê-lo, certamente lhe teriam rendido o epíteto de "monstro" da parte de um historiador severo, se tivesse sido permitido, nos seus domínios, escrever qualquer coisa que não tendesse unicamente ao prazer ou à surpresa, que é uma das formas mais delicadas do prazer. O grande pesar do Príncipe consistia em nunca ter tido um teatro bastante amplo para seu gênio.

Há jovens Neros a sufocarem nos limites muito estreitos, e dos quais os séculos vindouros sempre ignorarão o nome e a boa vontade. A imprevidente Providência lhes deu faculdades maiores que seus Estados.

De repente, correu o rumor de que o soberano quisesse perdoar todos os conjurados, e a origem dele era o anúncio de um grande espetáculo em que Fancioulle devia fazer um dos seus principais e melhores papéis, e ao qual, dizia-se, assistiriam mesmo os gentis-homens condenados; sinal evidente, acrescentavam os espíritos superficiais, das tendências generosas do Príncipe ofendido.

Da parte de um homem tão natural e voluntariamente excêntrico, tudo era possível, até a virtude, até a clemência, sobretudo se ele esperasse achar nelas prazeres inopinados. Mas para quem pudera, igual a mim, penetrar mais nas profundezas dessa alma curiosa e enferma, era infinitamente mais provável que o Príncipe quisesse apreciar o valor dos talentos cênicos de um homem condenado à morte. Ele queria aproveitar a ocasião para fazer uma experiência fisiológica de interesse *capital* e verificar até que ponto as faculdades habituais de um artista podiam ser alteradas ou modificadas pela situação extraordinária em que este se encontrava. Existia, fora isso, na sua alma uma intenção mais ou menos determinada de clemência? Esse é um detalhe que jamais pôde ser esclarecido.

Enfim, o grande dia chegou; a pequena corte desdobrou todas as suas pompas, e seria difícil concebermos, a menos que o tivéssemos visto, tudo o que a classe privilegiada de um pequeno Estado podia, com seus recursos restritos, montar de esplêndido para uma verdadeira solenidade. Esta era duplamente verdadeira, primeiro pela magia do luxo ostentado, e depois pelo interesse moral e misterioso que lhe era atribuído.

Seu Fancioulle excelia, sobretudo, nos papéis mudos ou de poucas palavras que são frequentemente os principais naqueles dramas feéricos cujo tema é a representação simbólica do mistério da vida. Ele entrou no palco com agilidade e com um desembaraço perfeito, o que contribuiu a fortalecer, no nobre público, a ideia de bondade e de perdão.

Quando se diz a respeito de um comediante: "Eis um bom comediante", serve-se de uma fórmula implicando que, sob um personagem, deixe-se ainda adivinhar o ator, ou seja, sua arte, seu esforço, sua vontade. Pois, se um comediante chegasse a ser, em relação ao personagem que estava incumbido de representar, o que as melhores estátuas da Antiguidade, miraculosamente animadas, viventes, andantes, videntes, seriam em relação à ideia geral e confusa da beleza, aí seria, sem dúvida, um caso singular e totalmente imprevisto. Fancioulle foi, nessa noite, uma perfeita idealização, que era impossível não supormos viva, possível, real. O bufão ia, vinha, ria, chorava, contorcia-se com uma indestrutível auréola ao redor da cabeça, auréola invisível para todos, mas visível para mim, e em que se mesclavam, numa estranha amálgama, os raios da Arte e a glória do Martírio. Fancioulle introduzia, por não sei que graça especial, o divino e o sobrenatural, mesmo nas mais extravagantes chocarrices. Minha pena está tremendo, e as lágrimas de uma emoção sempre presente me sobem aos olhos, enquanto procuro descrever essa inesquecível noite. Fancioulle provava-me, de uma maneira peremptória, irrefutável, que o arroubo da Arte era mais apto do que qualquer outro a velar os terrores do abismo, que o gênio podia representar a comédia à beira do túmulo com uma alegria a impedi-lo de ver a cova, perdido, como ele estava, num paraíso excluindo toda ideia de morte e destruição.

Todo o público, tão corrompido e frívolo quanto pudesse sê-lo, submeteu-se, então, ao todo-poderoso domínio do artista. Ninguém mais pensava na morte, no luto nem nos suplícios. Cada um se entregara, sem inquietude, àquelas volúpias multiplicadas que nos dá a vista de uma obra-prima de arte viva. As explosões de alegria e admiração sacudiram repetidamente a cúpula do edifício, com a energia de um trovão contínuo. O próprio Príncipe, extasiado, juntou seus aplausos aos da corte.

No entanto, para um olhar clarividente, o êxtase dele não era tão puro assim. Sentia-se vencido no seu poder despótico, humilhado na sua arte de terrificar os corações e entorpecer os espíritos, frustrado nas esperanças e escarnecido nas previsões?

Tais hipóteses, nem exatamente justificadas, nem absolutamente injustificáveis, atravessavam meu espírito, enquanto eu contemplava o rosto do Príncipe, sobre o qual uma nova palidez se juntava, volta e meia, à sua palidez habitual, como a neve se junta à neve. Seus lábios crispavam-se cada vez mais, e os olhos alumiavam-se de um fogo interno, semelhante àquele de ciúmes e rancor, mesmo quando ele aplaudia ostensivamente os talentos do seu velho amigo, o estranho bufão que zombava tão bem da morte. Em certo momento, vi Sua Alteza inclinar-se para o lado de um pequeno pajem, postado atrás dela, e falar-lhe ao ouvido. A fisionomia travessa do lindo menino iluminou-se de um sorriso; depois ele saiu depressa do camarote principesco, como se encarregado de uma comissão urgente.

Passados alguns minutos, um assobio agudo e longo interrompeu Fancioulle num dos seus melhores momentos, ferindo, de uma vez, os ouvidos e os corações. E do canto da sala, de onde jorrara essa vaia inesperada, um menino precipitou-se pelo corredor com um riso abafado.

Acordado, de sobressalto, do seu sonho, Fancioulle fechou os olhos, quase em seguida reabriu-os desmesuradamente arregalados, depois abriu a boca como que para respirar convulsivamente, cambaleou um pouco para frente, um pouco para trás, e afinal caiu morto no meio do palco.

Foi o apito, rápido como um gládio, que realmente frustrou o carrasco? Foi mesmo o Príncipe que adivinhou toda a homicida eficácia da sua malícia? É-nos permitido suspeitá-lo. Ficou ele lamentando seu caro e inimitável Fancioulle? É doce e legítimo crermos nisso.

Os gentis-homens culpados tinham desfrutado, pela última vez, o espetáculo da comédia. Na mesma noite, foram apagados da vida.

Desde então, vários mimos justamente apreciados em diversos países têm vindo atuar na corte de ***, mas nenhum deles soube lembrar os maravilhosos talentos de Fancioulle nem alcançar o mesmo *favor*.

XXVIII
A falsa moeda

Enquanto nos afastávamos da tabacaria, meu amigo fazia uma cuidadosa triagem do seu dinheiro: no bolso esquerdo do colete ele colocou as pequenas moedas de ouro, e no direito, as pequenas moedas de prata; no bolso esquerdo da calça pôs um monte de grosseiros tostões e, no direito, enfim, uma moeda de dois francos, que havia particularmente examinado.

"Estranha e minuciosa repartição!", disse para mim mesmo.

Encontramos um pobre que nos estendeu, tremendo, seu boné. — Eu não conheço nada mais inquietador do que a muda eloquência dos olhos suplicantes que, para uma pessoa sensível que sabe ler neles, contêm, ao mesmo tempo, tanta humildade e tantos reproches. Percebe-se neles algo beirando aquela profundeza de sentimento complexo nos olhos lacrimejantes dos cães fustigados.

A dádiva do meu amigo foi muito mais considerável do que a minha, e eu lhe disse: "Você tem razão: após o prazer de ficar surpreso, o maior dos prazeres é o de surpreender". — "Era uma moeda falsa", respondeu ele tranquilamente, como que para justificar sua prodigalidade.

Mas no meu cérebro miserável, sempre ocupado em buscar o meio-dia às catorze horas (que cansativa faculdade é que me presenteara a natureza!), entrou repentinamente a ideia de que, por parte do meu amigo, semelhante conduta só se desculpava com o desejo de criar um acontecimento na vida daquele pobre-diabo, até mesmo de conhecer as consequências diversas, funestas ou outras, que podia engendrar uma moeda falsa nas mãos de um mendigo. Não poderia ela multiplicar-se em moedas legítimas? Não poderia também conduzi-lo para a cadeia? Um taberneiro, um padeiro, por exemplo, mandaria, talvez, prendê-lo como fabricante ou propagador do falso dinheiro. Por outro lado, a falsa moeda podia ser, para um pobre especulador pequeno, o germe de uma riqueza de alguns dias. E assim minha fantasia ia para frente, emprestando asas ao espírito do meu amigo e tirando todas as deduções possíveis de todas as hipóteses possíveis.

Mas ele interrompeu bruscamente meu devaneio, retomando minhas próprias palavras: "Sim, você tem razão: não há prazer mais doce que o de surpreender uma pessoa, dando-lhe mais do que ela espera".

E, ao olhar para meu amigo, fiquei espantado ao ver seus olhos brilharem de uma incontestável candura. Vi claramente que ele quisera fazer, ao mesmo tempo, caridade e bom negócio: ganhar quarenta tostões e o coração de Deus; assaltar economicamente o paraíso; enfim, receber grátis o atestado de homem caridoso. Quase lhe perdoei o desejo do criminoso prazer de que o suspeitara, há pouco, capaz; achei curioso, singular que ele se divertisse comprometendo os pobres; mas nunca lhe perdoarei a inépcia dos seus cálculos. Ser maldoso não se perdoa jamais, porém há certo mérito em saber-se maldoso, e o mais irreparável dos vícios é fazer o mal por tolice.

XXIX
O JOGADOR GENEROSO

Ontem, no meio da multidão do bulevar, passei rente a um Ser misterioso que sempre desejara conhecer, e que reconheci logo, embora nunca o tivesse visto. Sem dúvida, ele tinha semelhante desejo em relação a mim, pois me lançou, de passagem, uma piscadela significativa, à qual não demorei em obedecer. Segui-o atenciosamente e, daí a pouco, desci atrás dele a uma morada subterrânea, deslumbrante, onde rebentava um luxo de que nenhuma das habitações superiores de Paris poderia nem sequer fornecer um exemplo aproximado. Parecia-me estranho que tivesse podido passar com tanta frequência ao lado desse prestigioso covil sem reparar na entrada dele. Ali reinava uma atmosfera delicada, embora inebriante, que fazia esquecer, quase instantaneamente, todos os fastidiosos horrores da vida; respirava-se lá uma beatitude sombria, análoga à que devem ter experimentado os lotófagos, quando, desembarcando numa ilha encantada, iluminada pelas luzes bruxuleantes de uma eterna tardinha, sentiram nascer neles, aos soporíferos sons das melodiosas cascatas, o desejo de jamais reverem seus penates, suas mulheres, seus filhos e de jamais subirem novamente às altas ondas do mar.

Havia lá rostos estranhos de homens e de mulheres, marcados por uma beleza fatal e que me pareciam já vistos nas épocas e nos países que me seria impossível lembrar exatamente; eles inspiravam-me antes uma simpatia fraterna que aquele temor causado, de ordinário, pelo aspecto do desconhecido. Se quisesse tentar definir, de alguma maneira, a expressão singular dos seus olhares, diria que jamais vira olhos em que brilhassem, com mais energia, o horror do tédio e o desejo imortal de sentirem-se vivos.

Ao sentar-nos, meu hospedeiro e eu já éramos velhos e perfeitos amigos. Comemos, bebemos desmedidamente toda espécie de vinhos extraordinários, e — coisa não menos extraordinária — parecia-me, ao cabo de várias horas, que não estava mais bêbedo que ele. Entretanto o jogo, esse prazer sobre-humano, interrompia, a diversos intervalos, nossas frequentes libações, e devo dizer que tinha apostado e perdido, numa das partidas, minha alma, com uma indolência e uma leviandade heroicas. A alma é uma coisa tão impalpável, tão frequentemente inútil e, por vezes, tão constrangedora, que eu só sentia, quanto a essa perda, um pouco menos de emoção do que teria experimentado ao perder, durante um passeio, meu cartão de visita.

Fumamos longamente uns charutos de sabor e perfume incomparáveis, que traziam à alma a nostalgia de países e felicidades ignotos, e, ébrio de todas essas delícias, ousei, num rasgo de familiaridade que não parecia desagradar a ele, exclamar, apropriando-me de uma taça cheia até a borda: "À vossa imortal saúde, velho Bode!"

Conversamos também sobre o universo, a criação e a futura destruição dele, sobre a grande ideia do século, a do progresso e da perfectibilidade, e, em geral, sobre todas as formas da fatuidade humana. A respeito disso, Sua Alteza não se esgotava em zombarias ligeiras e irrefutáveis, exprimindo-se, na sua malícia, com uma suavidade de dicção e uma tranquilidade que eu não encontrara antes em nenhum dos mais célebres falastrões da humanidade. Explicou-me o absurdo das diferentes filosofias que haviam, até agora, tomado posse do cérebro humano, e condescendeu mesmo em confiar-me certos princípios fundamentais, de que não me convém compartilhar, com quem quer que seja, os benefícios e a propriedade. Não se queixou, de modo algum, da má reputação de que gozava em todas as partes do mundo, assegurando-me ser mesmo a pessoa mais interessada na destruição da *superstição*, e confessou que apenas uma vez levara um susto em relação ao seu próprio poder, no dia em que ouvira um pregador, mais sutil que os confrades dele, exclamar na cátedra: "Meus queridos irmãos, quando ouvirdes gabarem o progresso das luzes, nunca vos esqueçais de que a mais fina das artimanhas do diabo consiste em persuadir-vos de que ele não existe!"

A lembrança daquele célebre orador nos conduziu naturalmente ao tema das academias, e meu estranho conviva afirmou que, muitas vezes, não prescindia de inspirar a pena, a palavra e a consciência dos pedagogos, e que quase sempre assistia pessoalmente, embora invisível, a todas as sessões acadêmicas.

Encorajado por tanta bondade, pedi-lhe notícias de Deus e perguntei se O vira recentemente. E ele me respondeu com uma indolência nuançada de certa tristeza: "Cumprimentamo-nos quando nos encontramos, mas como dois velhos gentis-homens, cuja cortesia inata não poderia apagar completamente a lembrança dos antigos rancores".

É duvidoso que Sua Alteza jamais tenha concedido uma tão longa audiência a um simples mortal, e eu receava abusar. Por fim, branqueados os vidros pela alva tremeluzente, esse célebre personagem cantado por tantos poetas e servido por tantos filósofos, que trabalham para sua glória sem o saber, disse-me: "Quero que você guarde de mim uma boa lembrança, provando que Eu, de que se diz tanta coisa ruim, às vezes sou *bom diabo*, conforme uma das suas locuções vulgares. A fim de compensar a perda irremediável da sua alma, dou-lhe a aposta que teria ganho se a sorte tivesse estado ao seu lado, isto é, a possibilidade de aliviar e de vencer, durante toda a vida, essa bizarra enfermidade do Tédio que é a fonte de todas as suas doenças e de todos os seus miseráveis progressos. Jamais conseguirá formar um desejo que eu não o ajude a realizar; você reinará sobre seus semelhantes comuns, estará provido de lisonjas e mesmo de adorações; a prata, o ouro, os diamantes, os palácios feéricos virão buscá-lo, pedindo que os aceite, sem você ter feito esforço para ganhá-los; você mudará de pátria e de país tão frequentemente quanto sua fantasia lho ordenar; você se fartará, incansavelmente, de volúpias naqueles países aprazíveis onde faz sempre calor e as mulheres têm um aroma tão bom quanto o das flores — *et caetera, et caetera*...", acrescentou, ao levantar-se e despedir-se de mim com um amável sorriso.

Se não tivesse medo de humilhar-me perante uma tão grande assembleia, ter-me-ia prostrado aos pés desse jogador generoso para agradecer-lhe a inaudita magnanimidade. Mas pouco a pouco, depois de deixá-lo, a incurável desconfiança entrou-me de novo no peito. Eu não ousava mais acreditar numa tão prodigiosa felicidade e, uma vez na cama, fazendo, pelo resto do hábito imbecil, uma oração, repetia sonolento: "Meu Deus! Senhor meu Deus, fazei com que o diabo cumpra sua promessa!"

XXX
A CORDA

A Edouard Manet

As ilusões, dizia-me meu amigo, talvez sejam tão inúmeras quanto os relacionamentos das pessoas entre si, ou entre as pessoas e as coisas. E quando a ilusão desaparece, quer dizer, quando vemos um ser ou um fato tais como eles existem lá fora, experimentamos um sentimento estranho e complicado: meio saudade do fantasma sumido, meio surpresa agradável ante a novidade, ante um fato real. Se existe um fenômeno evidente, trivial, sempre idêntico, e de uma natureza a respeito da qual seja impossível errarmos, é o amor materno. É tão difícil imaginar uma mãe sem amor materno quanto imaginar uma luz sem calor; então, não é perfeitamente legítimo atribuirmos ao amor materno todas as ações e palavras de uma mãe em relação ao filho dela? Escute, porém, esta pequena história, em que eu fiquei singularmente mistificado pela ilusão mais natural.

Minha profissão de pintor leva-me a prestar atenção aos rostos, às fisionomias que se apresentam pelo caminho, e você sabe que prazer nós tiramos dessa faculdade que torna a vida, aos nossos olhos, mais viva e mais significativa que para as demais pessoas. No bairro distante, que habito e onde os vastos gramados ainda separam os prédios, andava observando um garoto cuja fisionomia ardente e travessa, mais do que todas as outras, logo me seduziu. Ele posou, mais de uma vez, para mim, e transformei-o ora num pequeno cigano, ora num anjo, ora num Amor mitológico. Fi-lo portar o violino do vagabundo, a Coroa de Espinhos e os Cravos da Paixão, e o Facho de Eros. Acabei por apegar-me tanto a essa gracinha de menino, que, um dia, pedi que seus pais, gente pobre, fizessem o favor de ceder-me o filho, prometendo vesti-lo bem, dar-lhe algum dinheiro e não lhe impor outros castigos senão o de limpar meus pincéis e de cumprir minhas incumbências. De cara lavada, o menino ficou encantador, e a vida que ele levava na minha casa parecia-lhe um paraíso em comparação com a que teria aturado no casebre paterno. Devo dizer, somente, que esse lindo homenzinho surpreendia-me, às vezes, com as estranhas crises de tristeza precoce, e que manifestou, em breve, um gosto imoderado pelo açúcar e pelos licores; tanto assim que, um dia, constatando que, apesar das minhas numerosas advertências, ele tornara a cometer um furto desse gênero, ameacei mandá-lo de volta aos pais. Em seguida saí, e os negócios retiveram-me, por muito tempo, fora de casa.

Quais não foram meu pavor e minha surpresa quando, voltando eu para casa, a primeira coisa que me saltou aos olhos foi o lindo homenzinho, travesso companheiro da minha vida, pendurado na parede do armário! Os pés quase tocavam no chão; uma cadeira, que ele, sem dúvida, empurrara com o pé, estava caída ao lado; a cabeça estava convulsivamente inclinada sobre o ombro; o rosto túmido e os olhos esbugalhados, com uma assustadora fixidez, causaram-me, a princípio, a falsa impressão de que o menino estava ainda vivo. Despendurá-lo não era um trabalho assim tão fácil como se poderia crer. O corpo já estava bem rijo, e eu senti uma repugnância inexplicável ao fazê-lo cair bruscamente no chão. Precisava segurá-lo todo com um braço e, com a mão do outro, cortar a corda. Mas, feito isso, nem tudo estava terminado; como o pequeno monstro usara um cordão muito delgado que entrara profundamente na sua carne, era preciso buscar, com uma fina tesoura, a corda entre os dois rolos da inchação para lhe soltar o pescoço.

Deixei de dizer-lhes que gritara forte pelo socorro; mas todos os vizinhos se tinham recusado a ajudar-me, fiéis nisso aos hábitos do homem civilizado, que, não sei por quê, nunca quer mexer com um enforcado. Enfim chegou um médico e declarou que o menino estava morto havia várias horas. Quando, mais tarde, tivemos de despi-lo para o enterro, a rigidez cadavérica era tal que, desesperados por dobrar os membros, precisamos rasgar e cortar-lhe as roupas para tirá-las.

O delegado, a quem eu devia, naturalmente, declarar o acidente, olhou-me de soslaio e disse: "Suspeito, né?", decerto movido pelo desejo enraizado e pelo hábito de meter medo, a todo propósito, tanto nos inocentes quanto nos culpados.

Restava uma tarefa suprema a cumprir, e, só de pensar nela, eu sentia uma angústia terrível: era preciso avisar os pais. Meus pés recusavam-se a levar-me. Enfim me atrevi. Mas, para minha grande surpresa, a mãe estava impassível, nem sequer uma lágrima escorrera do canto do olho. Atribuí essa estranheza ao horror mesmo que ela devia estar experimentando, e lembrei-me da sentença conhecida: "As dores mais terríveis são as dores mudas". Quanto ao pai, contentara-se em dizer com um ar meio aparvalhado, meio distraído: "Afinal de contas, talvez seja melhor assim; de qualquer modo, ele acabaria mal!"

Entrementes o corpo estava prostrado no meu divã, e, assistido por uma criada, eu me ocupava dos últimos preparativos, quando a mãe entrou no meu estúdio. Ela disse que queria ver o cadáver do filho. Não podia, na verdade, impedi-la de inebriar-se com seu pesar e recusar-lhe esse supremo e sombrio consolo. Depois, pediu que lhe mostrasse o local onde seu petiz se enforcara. "Oh, não, senhora!", respondi eu. "Isso lhe fará mal." E como, involuntariamente, meus olhos se viravam para o fúnebre armário, percebi, com uma mistura de desgosto, pavor e cólera, que o prego continuava cravado na parede lateral, com um comprido pedaço de corda pendente. Arrojei-me, num rompante, para arrancar os últimos vestígios do desastre, e, quando ia jogá-los fora pela janela aberta, a pobre mulher pegou-me no braço e disse com uma voz irresistível: "Oh, senhor, deixe-me isso! Por favor, eu lhe imploro!" O desespero a tinha, parecia-me, enlouquecido tanto, que agora ela se tomava de ternura pelo que servira de instrumento à morte do seu filho e queria guardá-lo como uma horrível e cara relíquia. E apossou-se do prego e do cordão.

Enfim! enfim estava tudo cumprido! Nada mais me restava senão me pôr a trabalhar, ainda mais vivamente que de costume, para banir aos poucos esse pequeno cadáver que frequentava as dobras do meu cérebro e cujo fantasma me exauria com seus grandes olhos fixos. Mas, no dia seguinte, recebi um maço de cartas: umas eram dos inquilinos do meu prédio, algumas outras provinham dos prédios vizinhos; uma, do primeiro andar; a outra, do segundo; mais uma, do terceiro e assim por diante; umas em estilo meio jocoso, como se procurassem disfarçar, sob uma aparente piada, a sinceridade do pedido; as outras, sem nenhuma vergonha nem ortografia, mas todas tendentes ao mesmo fim, isto é, a obter de mim um pedaço da funesta e beatífica corda. Entre os signatários havia, devo dizê-lo, mais mulheres que homens, mas nenhum deles, pode acreditar, pertencia à classe ínfima e vulgar. Guardei essas cartas.

Foi então que, de súbito, uma luz se acendeu no meu cérebro, e entendi por que a mãe insistira tanto em arrancar-me o cordão e com que comércio ela pretendia consolar-se.

XXXI
As vocações

Num belo jardim, onde os raios do sol outonal pareciam gostosamente lentos, sob um céu já esverdeado em que, como os continentes em viagem, flutuavam as nuvens de ouro, quatro lindas crianças, quatro garotos cansados, sem dúvida, de brincar, estavam conversando.

Um deles dizia: "Ontem me levaram ao teatro. Nos palácios grandes e tristes, no fundo dos quais se veem o mar e o céu, homens e mulheres, sérios e tristes também, mas muito mais bonitos e mais bem-vestidos que os que a gente vê por toda parte, falam com uma voz cantante. Eles fazem ameaças uns aos outros, eles imploram, eles desesperam-se e, volta e meia, põem a mão sobre um punhal pendurado na cintura. Ah, é muito lindo! As mulheres são bem mais bonitas e mais altas que as que vêm nos ver em casa, e, ainda que com seus grandes olhos fundos e faces em brasa tenham um ar terrível, a gente não se pode impedir de amá-las. A gente tem medo, sente vontade de chorar e, no entanto, está contente... E depois, o que é mais estranho, isso dá vontade de vestir-nos do mesmo jeito, de dizer e fazer as mesmas coisas e de falar com a mesma voz..."

Um dos quatro garotos, que havia alguns segundos não escutava mais o discurso do seu companheiro e observava, com uma fixidez surpreendente, não sei que ponto do céu, de repente disse: "Olhem, olhem lá!.. Veem-*no*? Ele está sentado sobre aquela pequena nuvem à parte, aquela pequena nuvem da cor de fogo que anda devagarinho. *Ele* também parece olhar para nós".

"Mas quem é ele?", perguntaram os outros.

"Deus!", respondeu o garoto com um perfeito acento de

convicção. "Ah, já está bem longe; daqui a pouco não poderão mais vê-lo. Sem dúvida, ele viaja para visitar todos os países. Olhem, ele vai passar além daquela fileira de árvores que fica quase no horizonte... e agora está descendo atrás do campanário... Ah, não dá mais para vê-lo!" E o garoto ficou, por muito tempo, voltado para o mesmo lado, fitando a linha que separava a terra do céu com os olhos em que brilhava uma inexprimível expressão de êxtase e de tristeza.

"Como esse daí é bobo com seu bom Deus que só ele pode enxergar!", disse, então, o terceiro menino, cuja pequena figura estava marcada de uma vivacidade e de uma vitalidade singulares. "Eu vou contar para vocês como me aconteceu uma coisa que não lhes aconteceu nunca, e que é um pouco mais interessante do que seu teatro e suas nuvens. Há alguns dias, meus pais me levaram numa viagem, e, como no albergue, onde nos hospedamos, não havia camas para todos nós, foi decidido que eu dormiria na mesma cama que minha babá." Ele puxou os companheiros mais perto de si e prosseguiu mais baixo: "Isso provoca um efeito estranho, entendem, não ficar na cama sozinho, mas sim com a babá, na escuridão. Como eu não dormia, diverti-me, enquanto ela dormia, passando a mão pelos seus braços, pelo pescoço e pelos ombros. Ela tem braços e pescoço muito mais grossos que todas as outras mulheres, e a pele dela é tão doce, tão doce, feito o papel de cartas ou o de seda. Sentia tanto prazer que teria continuado por muito tempo, se não tivesse medo: primeiro, medo de acordá-la e, depois, ainda medo de não sei o quê. Afinal, meti a cabeça nos seus cabelos, que lhe caíam nas costas, espessos como uma crina, e eles tinham um cheiro tão bom, asseguro-lhes, quanto o das flores do jardim nesta hora. Experimentem, quando puderem, o mesmo que fiz, e vocês verão!"

Os olhos do jovem autor dessa prodigiosa revelação estavam, contando ele sua aventura, arregalados por uma espécie de estupefação com o que ainda sentia, e os raios do sol poente atravessavam os anéis ruivos da sua cabeleira eriçada, como se acendessem nela uma auréola sulfúrea da paixão. Era fácil adivinhar que aquele ali não perderia sua vida a procurar a

Divindade nas nuvens, e que frequentemente a encontraria alhures.

Por fim, o quarto garoto disse: "Vocês sabem que quase não me divirto em casa; nunca me levam aos espetáculos; meu tutor é sovina demais; Deus não se preocupa comigo nem com meu tédio; não tenho uma linda babá para me repimpar. Muitas vezes me pareceu que meu prazer seria ir sempre direto, sem saber para onde, sem ninguém se inquietar com isso, e ver sempre novos países. Nunca estou bem em lugar algum, e sempre acho que estaria melhor lá onde não estou. Pois bem, na última feira da vila vizinha vi três homens que vivem como eu gostaria de viver. Vocês, por certo, não lhes deram atenção. Eles eram altos, quase pretos e muito orgulhosos, embora de farrapos, com ares de não precisarem de ninguém. Seus grandes olhos escuros se tornaram completamente brilhantes, enquanto eles tocavam sua música, uma música tão surpreendente que dá vontade ora de dançar, ora de chorar, ora de fazer ambas as coisas ao mesmo tempo, e a gente enlouqueceria, se os escutasse demasiadamente. Um deles, arrastando o arco pela sua rabeca, parecia cantar um pesar, e o outro, fazendo saltitar um martelinho pelas cordas de um pequeno piano suspenso, por uma correia, no seu pescoço, tinha o ar de zombar do queixume de seu vizinho, enquanto o terceiro chocava, de vez em quando, os címbalos com uma violência extraordinária. Estavam tão contentes com eles mesmos que continuaram a tocar sua música de selvagens mesmo depois de a multidão se dispersar. Enfim recolheram seus tostões, colocaram as bagagens nas costas e foram embora. Querendo saber onde eles moravam, segui-os de longe, até a beira da mata, e só ali entendi que não moravam nenhures.

Então um deles disse: 'Devemos desdobrar a tenda?'

'Claro que não', respondeu o outro, 'a noite está tão linda!'

E o terceiro disse, contando a receita: 'Aquelas pessoas lá não sentem a música, e suas mulheres dançam como os ursos. Felizmente, em menos de um mês estaremos na Áustria, onde acharemos um povo mais hospitaleiro'.

'Talvez seja melhor irmos à Espanha, que o inverno está

chegando; fujamos antes que chova, molhando apenas nossa goela', disse um dos dois outros.

Conservei tudo isso na memória, como estão vendo. Depois eles beberam, cada um, um copo de aguardente e deitaram-se de rosto voltado para as estrelas. A princípio, tive vontade de pedir-lhes que me levassem com eles e ensinassem a tocar seus instrumentos, mas não me atrevi, primeiro, porque é sempre muito difícil a gente se decidir a qualquer coisa, e, depois, por medo de ser apanhado antes de sair da França".

O ar pouco interessado dos três outros companheiros me levou a pensar que esse menino já era um *incompreendido*. Olhava-o atentamente; havia nos seus olhos e testa algo precocemente fatal que afasta a simpatia de todo o mundo, e que, não sei por quê, excitava a minha a ponto de me surgir, por um instante, a bizarra ideia de que eu podia ter um irmão desconhecido.

O sol se pôs. Uma noite solene tomou o lugar dele. Os garotos se separaram, indo cada um, segundo as circunstâncias e os acasos, e sem saber disso, madurar suas vocações, escandalizar os próximos, tender à glória ou à desonra.

XXXII
O TIRSO

A Franz Liszt

O que é um tirso? No sentido moral e poético, é um emblema sacro nas mãos dos sacerdotes ou sacerdotisas, celebrando a divindade de que são os intérpretes e servidores. Mas fisicamente é tão só um bastão, um mero bastão, uma vara de lúpulo, tutor da videira: seca, dura e reta. Em volta desse bastão, brincam e gracejam, em caprichosos meandros, os caules e as flores, estas sinuosas e fugidias, aqueles pendentes como os sinos ou taças emborcadas. E uma glória surpreendente jorra dessa complexidade de linhas e cores, brandas ou deslumbrantes. Não parece que a curva e a espiral fazem a corte à linha reta e dançam ao redor dela numa adoração muda? Não parece que todas essas corolas delicadas, todos esses cálices, explosões de cheiros e cores, executam um místico fandango em volta do bastão hierático? E qual é, no entanto, o mortal imprudente que ousará decidir se as flores e parras foram feitas para o bastão ou se o bastão é apenas um pretexto para mostrar a beleza das parras e flores? O tirso é a representação da vossa surpreendente dualidade, mestre poderoso e venerado, caro Bacante da Beleza misteriosa e apaixonada. Jamais uma ninfa exasperada pelo invencível Baco sacudiu seu tirso sobre a cabeça das suas loucas companheiras com tanta energia e tanto capricho como vós agitais vosso gênio sobre o coração dos vossos irmãos. — O bastão é vossa vontade, reta, firme e inabalável; as flores são um passeio da vossa fantasia em volta da vossa vontade, é o elemento feminino a fazer, ao redor do masculino, suas prestigiosas piruetas. Linha reta e arabesco, intenção e expressão, rigidez da vontade, sinuosidade do verbo, unidade do fim, variedade dos meios, amálgama todo-poderosa e indivisível do gênio — que analista terá a detestável coragem de dividir-vos e separar-vos?

Caro Liszt, através das neblinas, além dos rios, por cima das cidades em que os pianos cantam vossa glória e a imprensa traduz vossa sabedoria, onde quer que vós estejais, nos esplendores da vida eterna ou nas brumas dos países sonhadores que consola Gambrinus, improvisando cantos de deleite ou de inefável dor, ou confiando ao papel vossas meditações abstrusas, cantor da Volúpia e da Angústia sempiternas, filósofo, poeta e artista, eu vos saúdo na imortalidade!

XXXIII
Embriaguem-se

É preciso estarem sempre embriagados. Aí é que tudo está: esta é a única questão. Para não sentirem o horrível fardo do Tempo que lhes quebra os ombros e recurva o dorso, precisam embriagar-se sem trégua.

Mas de quê? De vinho, de poesia ou de virtude, à sua guisa. Mas embriaguem-se.

E se, de vez em quando, vocês acordarem na escada de um palácio, na relva verde de uma vala ou na morna solidão do seu quarto, tendo a embriaguez já diminuído ou desaparecido, perguntem ao vento, à vaga, à estrela, ao pássaro, ao relógio, a tudo o que foge, a tudo o que geme, a tudo o que rola, a tudo o que canta, a tudo o que fala, perguntem que horas são, e o vento, a vaga, a estrela, o pássaro, o relógio responder-lhes-ão: "É hora de embriagar-se! Para não serem escravos martirizados do Tempo, embriaguem-se; embriaguem-se sem parar! De vinho, de poesia ou de virtude, à sua guisa".

XXXIV
Já!

Cem vezes o sol tinha já brotado, radiante ou tristonho, daquela imensa tina do mar, cujas bordas só se enxergavam a custo; cem vezes ele tornara a imergir, cintilante ou lúgubre, no seu imenso banho de tarde. Ao cabo de muitos dias, podíamos contemplar o outro lado do firmamento e decifrar o alfabeto celeste dos antípodas. E cada um dos passageiros gemia e resmungava, como se a aproximação da terra estivesse exacerbando seu sofrimento. "Quando", diziam eles, "é que deixaremos de dormir sacudidos pelas ondas, atormentados pelo vento que ronca mais forte que nós mesmos? Quando poderemos comer uma carne que não esteja salgada como o infame elemento que nos transporta? Quando poderemos digeri-la numa poltrona imóvel?"

Havia quem pensasse no seu lar, quem sentisse saudade da sua mulher infiel e maçante, da sua prole gritalhona. Todos estavam tão enlouquecidos com a imagem da terra ausente que teriam, creio eu, comido capim mais entusiasmados que o gado.

Enfim foi avistado um litoral; e, aproximando-nos dele, vimos que era uma terra magnífica, deslumbrante. Parecia que as músicas da vida emanavam dela num vago murmúrio, e que das suas costas ricas em vegetais de toda espécie se expandia, por várias léguas, um delicioso aroma de flores e frutos.

No mesmo instante, cada um ficou alegre, cada um abdicou seu mau humor. Todas as brigas foram esquecidas, todos os erros, reciprocamente perdoados; os duelos marcados foram riscados da memória, e os rancores se dissiparam como fumaça.

Só eu estava triste, inconcebivelmente triste. Parecido com um sacerdote a quem haviam arrancado sua divindade, não conseguia, sem uma pungente amargura, desprender-me daquele mar tão monstruosamente sedutor, daquele mar tão infinitamente variado na sua assustadora simplicidade, e que parecia conter em si e representar, com seus jogos, suas atitudes, suas cóleras e seus sorrisos, os humores, angústias e êxtases de todas as almas que viveram, vivem e viverão ainda!

Dizendo adeus àquela incomparável beleza, eu me sentia mortalmente abatido, e foi a razão pela qual, quando cada um dos meus companheiros disse: "Enfim!", pude gritar apenas: "*Já!*"

No entanto, era a terra, a terra com seus ruídos, suas paixões, suas comodidades, suas festas; era uma terra rica e magnífica, cheia de promessas, que nos enviava um misterioso perfume de rosa e almíscar, e de onde as músicas da vida nos vinham num amoroso murmúrio.

XXXV
As janelas

Aquele que olha, do lado de fora, através de uma janela aberta, nunca vê tantas coisas quanto aquele que contempla uma janela fechada. Não há objeto mais profundo, mais misterioso, mais fecundo, mais obscuro, mais deslumbrante que uma janela iluminada por uma vela. O que pode ser visto à luz do sol sempre é menos interessante do que aquilo que se passa atrás de um vidro. Nesse buraco negro ou luminoso, vive a vida, sonha a vida, sofre a vida.

Além das vagas de telhas, avisto uma mulher madura, já enrugada, pobre, sempre inclinada sobre alguma coisa, e que não sai nunca. Com seu rosto, sua roupa, seu gesto, com quase nada, refiz a história dessa mulher, ou melhor, a lenda dela, e, de vez em quando, conto-ma chorando.

Se fosse um pobre velho homem, teria refeito a história dele com a mesma facilidade.

E deito-me, orgulhoso de ter vivido e sofrido nas outras pessoas que não sejam eu mesmo.

Pode ser que vocês me digam: "Está seguro de que essa lenda seja verdadeira?" Que importa o que possa ser a realidade posta fora de mim, se ela me ajudar a viver, a sentir que eu sou e o que eu sou?

XXXVI
O desejo de pintar

Infeliz pode ser um homem, mas um artista atormentado pelo desejo é feliz!

Queima-me o desejo de pintar aquela que surgiu tão raramente diante de mim, e sumiu tão depressa, como algo bonito e saudoso atrás do viajante que a noite leva. Já faz tanto tempo que ela desapareceu!

Ela é linda, e mais do que linda, é surpreendente. O preto abunda nela, e tudo o que ela está inspirando é noturno e profundo. Seus olhos são duas grutas em que cintila vagamente o mistério, e seu olhar ilumina como um relâmpago: é uma explosão nas trevas.

Compará-la-ia a um sol negro, se fosse possível conceber um astro preto derramando a luz e a felicidade. Mas ela faz mais facilmente pensar na lua que a marcou, sem dúvida, com sua temível influência; não a lua branca dos idílios, que se parece com uma esposa frígida, mas a lua sinistra e inebriante, suspensa no fundo de uma noite tempestuosa e empurrada pelas nuvens que correm; não a lua pacífica e discreta visitando o sono dos homens puros, mas a lua arrancada do céu, vencida e revoltada, que as bruxas tessálicas constrangem duramente a dançar sobre a relva apavorada!

Na pequena testa dela habitam uma vontade tenaz e um amor predatório. Entretanto, embaixo desse rosto inquietante, onde as narinas ágeis aspiram o ignoto e o impossível, estoura, com uma graça inexprimível, o riso de uma grande boca, vermelha e branca, deliciosa, que faz sonhar com o milagre de uma soberba flor desabrochada num terreno vulcânico.

Há mulheres que nos inspiram a vontade de vencê-las e desfrutá-las; mas aquela ali suscita o desejo de morrer lentamente sob seu olhar.

XXXVII
Os obséquios da Lua

A Lua, que é o capricho mesmo, olhou pela janela, enquanto tu dormias no teu berço, e disse consigo: "Eu gosto dessa criança".

E, veludínea, desceu sua escada de nuvens e passou, em silêncio, através dos vidros. Depois se estendeu sobre ti, com a fofa meiguice de uma mãe, e pôs suas cores no teu rosto. Assim, tuas pupilas ficaram verdes e as faces, extraordinariamente pálidas. Foi de contemplar essa visitante que teus olhos se tornaram tão bizarramente grandes; e tão ternamente ela te apertou a garganta que para sempre guardaste disso a vontade de chorar.

Entrementes, na expansão da sua alegria, a Lua enchia o quarto todo como uma atmosfera fosfórica, como um veneno luminoso, e toda essa luz viva pensava e dizia: "Tu sentirás eternamente a influência do meu beijo. Tu serás linda à minha maneira. Tu amarás o que eu amo e o que me ama: a água, as nuvens, o silêncio e a noite; o mar imenso e verde; a água uniforme e multiforme; o lugar onde não estiveres; o amante que não conheceres; as flores monstruosas; os perfumes que fazem delirar; os gatos que se refestelam sobre os pianos e gemem como as mulheres, com uma voz rouca e doce!"

"E serás amada pelos meus amantes, cortejada pelos meus cortesãos. Tu serás a rainha dos homens de olhos verdes, cuja garganta também apertei nas minhas carícias noturnas, daqueles que amam o mar, o mar imenso, tumultuoso e verde, a água uniforme e multiforme, o lugar onde não estão, a mulher que não conhecem, as flores sinistras que se assemelham aos incensórios de uma religião ignota, os perfumes que perturbam a vontade, e os animais selvagens e voluptuosos que são os emblemas da sua loucura."

Por isso mesmo, maldita querida menina mimada, é que estou agora deitado aos teus pés, procurando em toda a tua pessoa o reflexo da temível Divindade, da fatídica madrinha, da venenosa nutriz de todos os *lunáticos*.

XXXVIII
Qual é a verdadeira?

Conheci uma certa Benedita, que enchia a atmosfera de ideal e cujos olhos expandiam o desejo da grandeza, da beleza, da glória e de tudo o que faz crer na imortalidade.

Mas essa moça miraculosa era linda demais para viver muito tempo; assim, ela morreu alguns dias depois que cheguei a conhecê-la, e fui eu mesmo quem a enterrou num dia em que a primavera agitava seu incensório até pelos cemitérios. Fui eu que a enterrei, fechada num caixão de madeira aromática e imputrescível, igual aos baús da Índia.

E, fixos meus olhos no local onde escondera meu tesouro, de súbito vi uma pequena pessoa que se parecia singularmente com a defunta e que, calcando a terra fresca com uma violência histérica e estranha, dizia a soltar gargalhadas: "Sou eu, a verdadeira Benedita! Sou eu, uma famosa canalha! E, por punição de tua loucura e tua cegueira, amar-me-ás tal como eu sou!"

Mas, furioso, eu respondi: "Não! Não! Não!" E, para melhor acentuar minha recusa, dei uma pateada tão violenta no chão que minha perna se enfiou, até o joelho, na sepultura recente, e, feito um lobo preso numa armadilha, fiquei amarrado, talvez para sempre, à cova do ideal.

XXXIX
Um cavalo de raça

Ela é muito feia. Porém, é deliciosa!
O Tempo e o Amor marcaram-na com suas garras e, cruéis, ensinaram-lhe o que cada minuto e cada beijo levam de juventude e de frescor.

Ela é realmente feia: é uma formiga, uma aranha, se quiserem, um esqueleto mesmo; mas também é vinho, mestria, sortilégio! Em suma, ela é diferente.

O Tempo não pôde quebrar a cintilante harmonia do seu andar nem a indestrutível elegância da sua armadura. O Amor não alterou a suavidade do seu hálito de criança, e o Tempo nada arrancou de sua exuberante crina, que exala, em ferozes perfumes, toda a vitalidade endemoninhada do Sul francês: Nîmes, Aix, Arles, Avignon, Narbonne, Toulouse, cidades abençoadas pelo sol, amorosas e fascinantes!

Debalde o Tempo e o Amor morderam-na com toda a força; nada diminuíram do charme vago, mas eterno, do seu peito de moça.

Talvez usada, mas não exausta e sempre heroica, ela faz pensar naqueles cavalos de grande raça que o olho do verdadeiro apreciador reconhece, mesmo atrelados a um coche de aluguel ou a uma pesada carroça.

E depois, ela é tão doce e tão fervente! Ela ama como se ama no outono; dir-se-ia que a chegada do inverno estivesse acendendo, no coração dela, um novo fogo, e o servilismo da sua ternura nunca tem nada de cansativo.

XL
O espelho

Um homem horroroso entra e mira-se no espelho.
"Por que você se mira no espelho, já que isso lhe causa apenas desprazer?" E o homem horroroso responde-me: "Senhor, conforme os imortais princípios de 89, todas as pessoas são iguais nos seus direitos; possuo, pois, o direito de me mirar; com prazer ou desprazer, isso só diz respeito à minha consciência".

Em nome do bom-senso, eu estava, sem dúvida, certo; porém, do ponto de vista legal, ele não estava errado.

XLI
O PORTO

Um porto é uma fascinante morada para uma alma cansada das lutas da vida. A amplitude do céu, a móvel arquitetura das nuvens, os coloridos variáveis do mar, a cintilação dos faróis são um prisma maravilhosamente apto a divertir os olhos sem jamais os enfastiar. As formas impetuosas dos navios, com suas aparelhagens complicadas, às quais o marulho imprime oscilações harmoniosas, servem para sustentar na alma o gosto pelo ritmo e pela beleza. E depois, sobretudo, há uma espécie de prazer misterioso e aristocrático, para quem não tiver mais curiosidade nem ambição, em contemplar, deitado no belvedere ou debruçado no molhe, todos os movimentos dos que partem e dos que regressam, dos que ainda têm a força de querer, o desejo de viajar ou de enriquecer.

XLII
Retratos das amantes

Numa alcova de homens, isto é, num fumadouro contíguo a um elegante cassino, quatro homens estavam fumando e bebendo. Eles não eram precisamente nem novos nem velhos, nem bonitos nem feios; mais ou menos jovens, tinham aquela distinção inconfundível dos veteranos da alegria, aquele indescritível não se sabe o quê, aquela tristeza fria e jocosa que diz claramente: "Já vivemos para valer e estamos à procura do que poderíamos amar e estimar".

Um deles puxou a conversa sobre mulheres. Teria sido mais filosófico não dizer nada a respeito delas; mas há pessoas inteligentes que, depois de beber, não desprezam as conversas banais. A gente escuta, então, o que se fala, como escutaria uma música de dança.

—Todos os homens—dizia ele—tiveram a idade de Querubim: nessa época, por falta de dríades, a gente abraça sem desgosto o tronco dos carvalhos. É o primeiro degrau do amor. No segundo degrau, começamos a escolher. Poder deliberar já é uma decadência. É então que se procura decididamente a beleza. Quanto a mim, senhores, tenho a glória de ter chegado, há tempos, à climatérica época do terceiro degrau, em que a beleza não basta por si só, a não ser que venha temperada pelo perfume, pelos enfeites, etc. Confessarei mesmo que, às vezes, aspiro, como a uma felicidade desconhecida, a um certo quarto degrau que deve marcar a calma absoluta. Mas, durante toda a minha vida, exceto na idade de Querubim, tenho sido mais sensível que qualquer outro à enervante tolice, à irritante mediocridade das mulheres. De que sobretudo gosto nos animais é da sua candura. Julguem, pois, quanto devo ter sofrido por causa da minha última amante.

"Era filha bastarda de um príncipe. Linda, bem entendido; sem isso, por que me teria juntado a ela? Mas ela estragava essa grande qualidade com uma ambição imprópria e disforme. Era uma mulher que sempre queria bancar o homem. 'Você não é homem, não! Ah, se eu fosse um homem! De nós dois, sou eu quem é homem!' Tais eram os insuportáveis refrãos que soltava essa boca, de que eu só queria ver saírem as canções. A propósito de um livro, de um poema, de uma ópera pelos quais eu deixava escapar minha admiração: 'Você acha, talvez, que isso seja muito forte?', logo dizia ela. 'Por acaso, você entende da força?', e ia argumentando.

"Um belo dia, atacou a química, de tal modo que, entre minha boca e a dela, eu encontrava, daí em diante, uma máscara de vidro. Com tudo isso, tornou-se muito delambida. Se, às vezes, a cutucava com um gesto um pouco mais amoroso, ela se contraía como uma sensitiva violentada..."

— Como isso terminou? — perguntou um dos três outros.
— Não sabia que o senhor era tão paciente assim.

— Deus — prosseguiu o primeiro — pôs o remédio no próprio mal. Um dia, flagrei essa Minerva, sedenta pela força ideal, a sós com meu doméstico e numa situação que me obrigou a retirar-me discretamente para não os fazer corarem. De noite, dispensei os dois, pagando-lhes o devido com juros.

— Quanto a mim — recomeçou o que havia interrompido —, tenho de reclamar apenas de mim mesmo. A felicidade veio morar comigo, e não a reconheci. O destino me outorgara, nesses últimos tempos, a fruição de uma mulher que era, por certo, a mais doce, a mais submissa e a mais dedicada das criaturas, e sempre pronta, e sem entusiasmo! "Eu quero, porque isso lhe agrada." Era sua resposta ordinária. Mesmo se os senhores dessem uma bastonada a essa parede ou a esse sofá, tirariam deles mais suspiros do que eu tirava do peito da minha amante com os lances do amor mais furioso. Após um ano de vida comum, ela me confessou que jamais conhecera o prazer. Fiquei desgostado com esse duelo desigual, e a moça incomparável se casou. Tive, mais tarde, a fantasia de revê-la, e ela me disse, mostrando seis lindas crianças: "Pois é, meu caro amigo, a esposa ainda é tão *virgem* quanto era sua amante". Nada mudara nessa pessoa. Às vezes, sinto saudades dela: deveria tê-la desposado.

Os outros se puseram a rir, e um terceiro disse, por seu turno:

— Conheci os prazeres que os senhores podem ter negligenciado. Quero falar do cômico no amor, e de um cômico que não exclui a admiração. Mais admirei minha última amante do que os senhores puderam, creio eu, odiar ou amar as suas. E todo o mundo a admirava tanto quanto eu. Quando entrávamos num restaurante, ao cabo de alguns minutos cada um se esquecia de comer para ficar a contemplá-la. Até os garçons e a dama do balcão sentiam esse êxtase contagioso, a ponto de se esquecerem de seus deveres. Numa palavra, vivi, por algum tempo, com um *fenômeno* vivo. Ela comia, mastigava, triturava, devorava, deglutia, mas com o ar mais leve e mais indolente do mundo. Assim ela me manteve num longo êxtase. Tinha uma maneira doce, sonhadora, inglesa e romanesca de dizer: "Estou com fome!", e repetia essas palavras noite e dia, mostrando os dentes mais lindos do mundo, que teriam, ao mesmo tempo, enternecido e alegrado os senhores. Eu poderia ter feito uma fortuna, mostrando-a nas feiras como *monstro polífago*. Alimentava-a bem e, no entanto, ela me deixou...

— Por um fornecedor de víveres, certo?

— Algo parecido. Uma espécie de empregado da intendência, que, com algum truque conhecido, fornece, quiçá, a essa pobrezinha a ração de vários soldados. Foi, pelo menos, o que supus.

— Eu — disse o quarto — passei por sofrimentos atrozes pelo contrário do que se imputa, em geral, à fêmea egoísta. Acho que os senhores, bem-afortunados mortais, não têm razão em queixar-se das imperfeições de suas amantes!

Essas palavras foram ditas num tom muito sério, por um homem de aspecto amável e tranquilo, cuja fisionomia quase clerical estava infelizmente iluminada pelos olhos de um gris claro, esses olhos que dizem: "Eu quero!" ou "É preciso!", ou então "Eu não perdoo jamais!"

— Se, nervoso como o conheço, G..., frouxos e levianos como são, K... e J..., os senhores tivessem convivido com certa mulher do meu conhecimento, teriam fugido dela ou então morrido. Eu, como veem, sobrevivi. Imaginem uma pessoa incapaz de cometer um erro de sentimento ou de cálculo; imaginem uma serenidade desoladora de caráter, uma dedicação sem comédia nem ênfase, uma doçura sem fraqueza, uma energia sem violência. A história do meu amor se assemelha a uma interminável viagem por uma superfície pura e polida como um espelho, vertiginosamente monótona, que teria refletido todos os meus sentimentos e gestos com a irônica exatidão da minha própria consciência, de maneira que eu não pudesse permitir-me um gesto ou sentimento desarrazoado sem perceber imediatamente o reproche mudo do meu inseparável espectro. O amor me parecia uma tutela. Quantas besteiras, que lamento não ter feito, ela me impediu de fazer! Quantas dívidas pagas contra a minha vontade! Ela me privava de todos os benefícios que eu teria podido tirar da minha loucura pessoal. Com uma fria e insuperável régua, ela riscava todos os meus caprichos. Para cúmulo do horror, não exigia reconhecimento, passado o perigo. Quantas vezes me contive para não a agarrar pelo pescoço, gritando: "Sê imperfeita, miserável, a fim de que eu possa amar-te sem mal-estar nem cólera!" Durante vários anos, admirei-a, o coração cheio de ódio. Enfim, não fui eu quem morreu disso!

— Ah! — exclamaram os outros. — Então ela está morta?

— Sim, isso não podia continuar assim! O amor se tornara, para mim, um pesadelo oprimente. Vencer ou morrer, como diz a Política, tal era a alternativa que me impunha o destino! Uma noite, num bosque... à beira de uma poça... após um melancólico passeio, quando os olhos dela estavam refletindo a doçura do céu, e meu coração estava crispado como o inferno...

— O quê?
— Como assim?!

— O que quer dizer com isso?!

— Era inevitável. Tenho um excessivo sentimento de justiça para espancar, ultrajar ou demitir um servidor irreprochável. Mas era preciso conciliar esse sentimento com o horror que esse ser me inspirava, livrar-me dele sem que lhe faltasse respeito. O que queriam que fizesse com ela, *uma vez que era Perfeita?*

Os três outros companheiros fixaram nele um olhar vago e levemente abobalhado, como se fingissem não entender e confessassem implicitamente que não se sentiam, eles mesmos, capazes de uma ação tão rigorosa, embora, de resto, suficientemente explicada.

Em seguida, eles mandaram trazer novas garrafas para matar o Tempo, que tem a vida tão dura, e acelerar a Vida, que flui tão vagarosa.

XLIII
O GALANTE ATIRADOR

Quando o coche atravessava o bosque, ele mandou pará-lo na vizinhança de um pavilhão de tiro, dizendo que lhe seria agradável disparar umas balas para *matar* o Tempo. Matar aquele monstro lá não é a ocupação mais ordinária e mais legítima de todos nós? — E ofereceu galantemente a mão à sua querida, deliciosa e execrável esposa, àquela misteriosa mulher a quem devia tantos prazeres, tantas dores e, quem sabe, boa parte do seu gênio.

Várias balas bateram longe do alvo proposto, uma delas até se encravou no teto; e, como a charmosa criatura ria amalucada, zombando da indestreza do seu esposo, este se virou bruscamente para ela e disse: "Observe aquela boneca, ali à direita, que está torcendo o nariz e tem uma cara tão altiva. Pois bem, meu anjo, *eu imagino que é você*". E, fechando os olhos, ele puxou o gatilho. A boneca foi nitidamente decapitada.

Inclinando-se, então, perante sua querida, sua deliciosa, sua execrável esposa, sua inevitável e inexorável Musa, e beijando-lhe respeitosamente a mão, ele acrescentou: "Ah, meu anjo, como lhe agradeço minha destreza!"

XLIV
A SOPA E AS NUVENS

Minha maluca namoradinha servia-me o jantar, e, pela janela aberta da sala, eu contemplava as móveis arquiteturas que Deus faz de vapores, as maravilhosas construções do impalpável. E contemplando, dizia a mim mesmo: "Todas essas fantasmagorias são quase tão belas quanto os olhos da minha linda namorada, horrível maluquinha de olhos verdes".

De súbito, levei uma violenta punhada nas costas e ouvi uma voz cavernosa e encantadora, uma voz histérica e como que enrouquecida pela aguardente, a voz da minha querida namoradinha dizendo: "Vem logo comer tua sopa, f... vendedor de nuvens!"

XLV
O TIRO E O CEMITÉRIO

— *Em frente ao cemitério, Botequim.* — "Uma tabuleta estranha", diz a si mesmo nosso passeante. "Mas perfeita para dar sede! Por certo, o dono dessa taberna sabe apreciar Horácio e os sublimes poetas de Epicuro. Até pode ser que conheça o refinamento profundo dos antigos egípcios, para os quais não havia bom festim sem esqueleto ou algum outro emblema da brevidade da vida."

E ele entrou, tomou um chope diante dos túmulos, e fumou devagar um charuto. Depois foi tomado pela fantasia de descer até o cemitério, cuja relva era tão alta e convidativa, e onde reinava um sol tão farto.

Com efeito, a luz e o calor lá faziam festa, como se o sol ébrio se revolvesse todo sobre um tapete de magníficas flores adubadas pela destruição. Um imenso murmúrio da vida — da dos infinitamente pequenos — enchia o ar, interrompido, a intervalos regulares, pela crepitação dos tiros de um pavilhão vizinho, que estalavam como a explosão das rolhas de champanhe no burburinho de uma sinfonia em surdina.

Então, sob o sol que lhe esquentava o cérebro e na atmosfera dos ardentes perfumes da Morte, ele ouviu uma voz cochichar debaixo da campa em que se tinha sentado. E essa voz dizia: "Malditos sejam vossos alvos e vossas carabinas, turbulentos viventes que vos preocupais tão pouco com os defuntos e seu divino repouso! Malditas sejam vossas ambições, malditos sejam vossos cálculos, mortais impacientes que vindes estudar a arte de matar perto do santuário da Morte! Se soubésseis como o prêmio é fácil de ganhar, como a meta é fácil de atingir, e quanto tudo é nulo, exceto a Morte, não vos cansaríeis tanto, laboriosos viventes, e perturbaríeis menos frequentemente o sono dos que, há muito tempo, acertaram o Alvo, o único verdadeiro alvo da detestável vida!"

XLVI
Perda da auréola

— I-ih, que é isso, você por aqui, meu caro! Você, neste lugar ruim! Você, bebedor de quintessências; você, comedor de ambrosia? Realmente há de que me surpreender.

— Meu caro, você conhece meu terror aos cavalos e carruagens. Agorinha, enquanto atravessava às pressas o bulevar e saltitava na lama através desse caos móvel, onde a morte vem a galope de todos os lados e ao mesmo tempo, minha auréola deslizou-me pela testa, num movimento brusco, e caiu na sujeira do macadame. Não tive coragem de apanhá-la. Julguei menos desagradável perder minhas insígnias que quebrar meus ossos. E depois, disse comigo, há males que vêm para o bem. Agora eu podia passear incógnito, fazer ações vis e entregar-me à crápula como os simples mortais. E eis-me aqui, igualzinho a você, como está vendo.

— Você deveria, ao menos, anunciar a perda dessa auréola, ou então pedir ajuda ao delegado para encontrá-la.

— Claro que não! Estou bem aqui. Só você é que me reconheceu. De resto, a dignidade me enfastia. E depois estou pensando, com alegria, que um poeta ruim a apanhará e porá descaradamente na cabeça. Tornar alguém feliz, que prazer! Sobretudo se esse feliz me fizer rir. Pense em X ou Z! Como será engraçado, hein?

XLVII
Senhorita Bisturi

Chegando, sob os clarões do gás, à extremidade do subúrbio, senti o braço de alguém tocar de leve no meu e ouvi uma voz que dizia bem perto do meu ouvido: "O senhor é médico?"

Voltei-me para a pessoa: era uma moça alta, robusta, de olhos bem abertos, levemente maquiada, e cabelos flutuando ao vento com as fitas do chapéu.

— Não sou médico, não. Deixe-me passar.

— Oh, sim, o senhor é médico! Vejo bem isso. Venha comigo. Ficará muito contente comigo, venha!

— Sem dúvida, vou vê-la, só que mais tarde, *depois do médico*, que diabo!..

— Ah, ah! — disse ela, sempre suspensa no meu braço e dando risadas. — O senhor é um médico farsista, conheço muita gente desse gênero. Venha!

Sou apaixonado pelo mistério, porque sempre tenho a esperança de desvendá-lo. Deixei-me, pois, levar por essa companheira, ou melhor, por esse enigma inesperado.

Omito a descrição do antro: pode-se achá-la em muitos velhos poetas franceses bem conhecidos. Apenas um detalhe despercebido por Régnier: dois ou três retratos de doutores célebres estavam pendurados nas paredes.

Como fui afagado! Um bom fogo, vinho quente, charutos; e, oferecendo-me essas boas coisas e acendendo, ela mesma, um charuto, a burlesca criatura me dizia:

— Fique bem à vontade, meu amigo, como se a casa fosse sua. Isso lhe lembrará o hospital e os bons tempos da juventude. Ai, ai! Onde é que o senhor ganhou esses cabelos brancos? Não era assim, ainda não faz muito tempo, quando era interno de L... Lembro-me de que o senhor o assistia nas operações graves. Eis um homem que gosta de cortar, talhar e limar! Era o senhor que passava para ele os instrumentos, os fios e as esponjas. E, feita a cirurgia, ele dizia orgulhosamente, olhando o relógio: "Cinco minutos, senhores!" Oh, eu ando por toda parte. Conheço bem esses senhores.

Alguns instantes depois, já me tuteando, ela recomeçava sua ladainha, dizendo-me:

— És médico, não és, meu gato?

Esse ininteligível refrão fez com que me levantasse num pulo.

— Não! — gritei, furioso.

— Então cirurgião?

— Não, não, a menos que seja para te cortar a cabeça! P...p...f...p... de m!..

— Espera — disse ela —, tu vais ver.

E tirou de um armário um maço de papéis que não era outra coisa senão a coleção de retratos dos ilustres médicos da época, litografada por Maurin, e que, havia vários anos, estava à venda no cais Voltaire.

— Olha, tu reconheces este daqui?

— Sim! É X... O nome está embaixo, aliás, mas eu o conheço pessoalmente.

— Sabia! Olha, eis Z..., aquele que dizia em seu curso a respeito de X... "Esse monstro que tem na cara o negrume da sua alma!" Tudo isso porque o outro não compartilhava a opinião dele sobre o mesmo negócio! Como se ria disso na Escola, naquele tempo! Lembras? Olha, eis K..., aquele que denunciava ao governo os insurgentes que tratava no seu hospital. Era a época dos levantes. Como é possível um homem tão bonito ter tão pouco de coração? Eis agora W..., um famoso médico inglês; fisguei-o, quando ele estava de passagem em Paris. Parece uma donzela, não é?

E como eu tocava num pacote atado, também posto em cima de um velador, ela disse:

— Espera aí, aqui estão os internos, e nesse pacote, os externos.

E desdobrou em leque uma massa de imagens fotográficas representando as fisionomias muito mais jovens.

— Quando nos revirmos, tu me darás teu retrato, não é, querido?

— Mas — disse-lhe, seguindo, por minha vez, minha ideia fixa — por que é que achas que sou médico?

— É que tu és tão gentil e tão bom para as mulheres!

"Estranha lógica!", disse a mim mesmo.

— Oh, nisso quase não me engano: conheço um bom número deles. Gosto tanto desses senhores que, ainda que não esteja doente, às vezes vou vê-los, apenas para vê-los. Alguns me dizem friamente: "Você não está nem um pouco doente!" Mas há outros que me compreendem, porque lhes faço caretas.

— E quando eles não te compreendem?

— Ave-Maria! Como os incomodei *inutilmente*, deixo dez francos em cima da lareira. É tão boa e tão doce aquela gente! Descobri na Piedade um interninho que é lindo como um anjo, e bem-educado, e que trabalha duro, coitado! Seus colegas me disseram que ele não tinha um tostão, porque os pais eram pobres e não lhe podiam enviar nada. Isso me deu confiança. Afinal, sou uma mulher bastante linda, embora não muito nova. Eu disse a ele: "Vem me ver, vem me ver frequentemente. E não te preocupes comigo: não preciso de dinheiro". Mas tu entendes, deixei-o perceber isso de várias maneiras e não lhe disse diretamente; tinha tanto medo de humilhá-lo, caro menino! Pois bem, acreditas que tenho um desejo esquisito e não me atrevo a dizer a ele? Gostaria que ele viesse me ver com seu estojo cirúrgico e seu avental, mesmo com um pouco de sangue em cima!

Ela disse isso com um ar muito cândido, como um homem sensível diria à sua atriz favorita: "Quero vê-la com o traje que você usa nesse famoso papel que criou".

Obstinado, eu prossegui:

— Podes te recordar da época e da ocasião em que nasceu em ti essa paixão tão particular?

Era difícil fazer com que ela me entendesse; finalmente,

consegui. Mas então ela respondeu com um ar bem triste, e mesmo, se a memória não me falha, desviando os olhos:

— Não sei... não me lembro mais.

Que esquisitices é que se acham numa grande cidade, quando se sabe passear e observar! A vida pulula de monstros inocentes.

— Senhor meu Deus! Vós, Criador; Vós, Mestre; Vós que fizestes a Lei e a Liberdade; Vós, soberano que deixais fazer; Vós, juiz que perdoais; Vós que estais cheio de motivos e causas, e que pusestes, talvez, no meu espírito o gosto pelo horror para converter o meu coração, como a cura na ponta da lâmina; Senhor, tende piedade, tende piedade dos loucos e das loucas! Oh, Criador, será que podem existir os monstros aos olhos do Único a saber por que eles existem, como *se fizeram* e como teriam podido *não se fazer*?

XLVIII
Any where out of the world — Não importa onde fora do mundo

Esta vida é um hospital em que cada doente está dominado pela vontade de mudar de leito. Este daqui gostaria de sofrer em frente ao fogão, e aquele dali acha que se curaria ao lado da janela.

Parece-me que sempre estaria bem lá onde não estou, e essa questão de mudança é uma das que não cesso de discutir com minha alma.

"Diz-me, minha alma, pobre alma frígida, o que pensas de habitarmos Lisboa? Deve fazer calor por ali, e tu revigorar-te-ías como um lagarto. Aquela cidade fica à beira do mar; dizem que é construída de mármore, e que o povo de lá tem tanto ódio pelo vegetal, que arranca todas as árvores. Eis uma paisagem conforme teu gosto, uma paisagem feita com a luz e a pedra, e o líquido para refleti-las!"

Minha alma não responde.

"Já que gostas tanto de repousar, contemplando o movimento, queres ir morar na Holanda, aquela terra de beatitude. Pode ser que te divirtas naquele país, cuja imagem frequentemente admiraste nos museus. O que pensas de Roterdã, tu que amas as florestas de mastros e as naus aportadas ao pé das casas?"

Minha alma continua muda.

"Batávia sorrir-te-ía, talvez, mais? De resto, encontraríamos lá o espírito da Europa unido à beleza tropical."

Nem uma palavra. — Minha alma estará morta?

"Chegaste, então, àquele ponto de entorpecimento que

só te delicias com o teu mal? Se for assim, fujamos rumo aos países que são analogias da Morte.

"O negócio está feito, pobre alma! Faremos as malas para Tornéo. Vamos ainda mais longe, até as extremidades do Báltico; mais longe da vida, se for possível; instalemo-nos no polo! Ali o sol só roça obliquamente a terra, e as lentas alternativas da luz e da noite suprimem a variedade e aumentam a monotonia, metade do nada. Ali poderemos tomar longos banhos de trevas, e, de vez em quando, as auroras boreais nos enviarão, para nos divertir, seus feixes rosa, como os reflexos de um fogo de artifício infernal!"

Enfim, minha alma se manifesta explosiva e sábia, gritando: "Não importa onde! Não importa onde! Tomara que seja fora deste mundo!"

XLIX
Espanquemos os pobres!

Durante uma quinzena, fiquei confinado no meu quarto, cercado dos livros que estavam na moda àquela altura (há dezesseis ou dezessete anos), isto é, dos livros nos quais se tratava da arte de tornar os povos felizes, sábios e ricos em vinte e quatro horas. Digeri, pois — quer dizer, engoli —, todas as lucubrações de todos aqueles empreendedores de bem público, dos que aconselham a todos os pobres a escravizarem-se, e dos que os persuadem de serem todos reis destronados. Não é de admirar que estivesse, então, num estado de espírito beirando a vertigem ou a estupidez.

Apenas me havia parecido que sentia, confinado no fundo do meu intelecto, o germe obscuro de uma ideia superior a todas as fórmulas da carochinha, cujo dicionário percorrera recentemente. Mas era tão só a ideia de uma ideia, algo infinitamente vago.

E saí com uma grande sede. É que o gosto entusiástico pelas más leituras engendra uma necessidade proporcional de ar livre e refrescos.

Quando ia entrar numa taberna, um mendigo estendeu-me seu chapéu com um daqueles olhares inesquecíveis que derrubariam os tronos, se o espírito comovesse a matéria, e se o olho de um magnetizador fizesse amadurecerem as uvas.

No mesmo instante, ouvi uma voz que cochichava ao meu ouvido, uma voz que logo reconheci, a de um bom Anjo ou de um bom Demônio que me acompanha por toda parte. Visto que Sócrates tinha seu bom Demônio, por que não teria eu meu bom Anjo, e por que não me caberia a honra de obter, igual a Sócrates, meu alvará de loucura assinado pelo sutil Lélut e pelo bem-avisado Baillarger?

Existe uma diferença entre o Demônio de Sócrates e o meu: o de Sócrates só se manifestava nele para defender, advertir, impedir, enquanto o meu se digna a aconselhar, sugerir, persuadir. O pobre Sócrates tinha apenas um Demônio proibidor; o meu é um grande afirmador, o meu é um Demônio de ação, um Demônio de combate.

Pois aquela voz me sugeria, sussurrando: "Só é igual a outro quem o provar, só merece a liberdade quem souber conquistá-la".

Imediatamente, investi contra o mendicante. Com uma só punhada, tapei-lhe um olho que se tornou, num segundo, grosso como uma bola. Lesionei uma das minhas unhas ao quebrar-lhe dois dentes, e, como, nascido frágil e tendo pouco praticado o boxe, não me sentia forte o suficiente para acabar rápido com o velhote, peguei, com uma mão, na lapela do seu casaco e, com a outra, segurei-lhe o pescoço e comecei a bater vigorosamente a cabeça dele contra um muro. Devo reconhecer que tinha previamente inspecionado os arredores e verificado que, naquele subúrbio deserto, estaria, por um bocado de tempo, fora do alcance de todo e qualquer agente de polícia.

Tendo depois — com um pontapé nas costas, bastante forte para quebrar as omoplatas — abatido o sexagenário debilitado, empunhei um grosso galho de árvore, que se arrastava pelo chão, e bati nele com a energia obstinada dos cozinheiros querendo amolecer um bife.

De súbito — oh, milagre! oh, prazer do filósofo que verifica a excelência da sua teoria! — vi a antiga carcaça revirar-se, levantar-se com um ímpeto que jamais teria suspeitado numa máquina tão singularmente desarranjada, e, com um olhar de ódio que me pareceu de *bom augúrio*, o malandrim decrépito jogou-se sobre mim, machucou-me ambos os olhos, quebrou-me quatro dentes e, com o mesmo galho de árvore, espancou-me como um padeiro socaria a massa do pão. Com minha enérgica medicação, tinha-lhe devolvido, pois, o orgulho e a vida.

Então lhe fiz vigorosos sinais para explicar que dava a discussão por encerrada e, levantando-me com a satisfação de um sofista do Pórtico, disse-lhe: "O senhor é meu igual! Faça-me a honra de compartilhar comigo minha bolsa, e lembre-se de que, sendo um filantropo de verdade, precisa aplicar a todos os seus confrades, quando eles lhe pedirem esmola, a teoria que eu tive a *dor* de experimentar nas suas costas".

Ele me jurou que entendera minha teoria e que obedeceria aos meus conselhos.

L
Os bons cães

A M. Joseph Stevens

Jamais me envergonhei, mesmo perante os jovens escritores do meu século, da minha admiração por Buffon, mas hoje não é à alma desse pintor da natureza pomposa que pedirei ajuda. Não.

Com muito mais gosto é que me dirigiria a Sterne e dir--lhe-ia: "Desce do céu ou sobe para cá dos Campos Elísios para me inspirar, em favor dos bons cães, dos pobres cães, um canto digno de ti, sentimental farsante, farsante incomparável! Retorna à sua maneira, montado nesse famoso asno que sempre te acompanha na memória da posteridade, e que o asno não se esqueça, sobretudo, de trazer, delicadamente suspenso entre os lábios, seu imortal maçapão!"

Abaixo a musa acadêmica! Não tenho nada a fazer com essa velha pretensiosa. Invoco a musa familiar, citadina, vivente, para que ela me ajude a cantar os bons cães, os pobres cães, os cães enlameados, aqueles que cada um afasta como pestíferos e piolhentos, exceto o pobre, de que eles são os associados, e o poeta, que os vê com olhos fraternos.

Fora, cão bonitinho, aquele fátuo quadrúpede, dinamarquês, king-charles, pug ou fraldiqueiro, tão encantado consigo mesmo que pula indiscretamente sobre as pernas, ou então sobre os joelhos do visitante, como se estivesse seguro de agradar, turbulento qual uma criança, tolo feito uma mulherzinha, às vezes rabugento e insolente como um doméstico! Fora, sobretudo, aquelas serpentes de quatro patas, trêmulas e ociosas, que se chamam de galgos, e que não alojam mesmo no seu focinho pontudo, bastante faro para seguir a pista de um amigo, nem, na cabeça achatada, bastante inteligência para jogar dominó!

Todos para a casinha, seus parasitas maçantes!

Que retornem à sua casinha sedosa e cetinosa! Eu canto o cão sujo, o cão pobre, o cão sem domicílio, o cão vadio, o cão saltimbanco, o cão cujo instinto, igual ao do pobre, do boêmio e do histrião, é maravilhosamente aguçado pela necessidade, essa mãe tão bondosa, essa verdadeira patroa das inteligências!

Eu canto os cães calamitosos, quer sejam os que erram, solitários, pelos barrancos sinuosos das imensas cidades, quer os que disseram ao homem abandonado com seus olhos piscantes e espirituais: "Leva-me contigo, e das nossas duas misérias nós faremos, talvez, uma espécie de felicidade!"

"Aonde vão os cães?", dizia outrora Nestor Roqueplan num imortal folhetim que foi, sem dúvida, esquecido, e do qual só eu e, quem sabe, Sainte-Beuve lembramos ainda hoje.

"Aonde vão os cães", perguntam vocês, pessoas pouco atentas? Vão aos seus negócios.

Encontro de negócios, encontro de amor. Através da bruma, através da neve, através da lama, sob a canícula mordente, sob a chuva fluente, eles vão, vêm, trotam, passam debaixo das viaturas, excitados pelas pulgas, pela paixão, pela necessidade ou dever. Tais como nós, eles se levantaram de manhã cedo e estão procurando o sustento ou correndo à toa.

Alguns deles dormem numa ruína do subúrbio e vêm todo dia, na hora fixa, reclamar as sobras de comida às portas de uma cozinha do Palais-Royal; os outros percorrem, em alcateia, mais de cinco léguas para dividir a refeição que lhes preparou a caridade de certas virgens sexagenárias, cujo coração desocupado se entregara aos bichos, porque os homens imbecis não o queriam mais.

Os outros, como os negros foragidos, loucos de amor, deixam, certos dias, seu distrito para vir à cidade e cabriolar, por uma hora, ao redor de uma linda cadela, um pouco desleixada na sua toalete, mas orgulhosa e grata.

E eles são todos muito pontuais, sem carteiras, nem notas, nem papelada.

Vocês conhecem a preguiçosa Bélgica e já admiraram, iguais a mim, todos esses cães vigorosos atrelados ao carrinho do açougueiro, do leiteiro ou do padeiro, e que testemunham, com seu triunfante latido, o prazer orgulhoso que experimentam a rivalizar com os cavalos?

Eis dois que pertencem a uma ordem mais civilizada ainda! Permitam-me introduzi-los no quarto de um saltimbanco ausente. Uma cama de madeira pintada, sem cortinas, umas cobertas arrastando-se pelo chão e manchadas por percevejos, duas cadeiras de palha, um fogão de ferro, um ou dois instrumentos musicais desafinados. Oh, que triste mobiliário! Mas vejam, por favor, esses dois personagens inteligentes, usando as roupas ao mesmo tempo esgarçadas e suntuosas, com chapéus de trovadores ou militares, que vigiam, com uma atenção de bruxos, *a obra sem nome* a cozinhar no fogão aceso, e no meio da qual uma comprida colher se ergue, plantada como um daqueles mastros aéreos anunciando que a alvenaria está acabada.

Não é justo que os tão zelosos comediantes não se ponham a caminho sem ter lastrado o estômago com uma sopa forte e consistente? E não perdoarão vocês um pouco de sensualidade a esses pobres-diabos que têm de enfrentar, o dia todo, a indiferença do público e as injustiças do diretor que toma para si a parte leonina e come sozinho mais sopa que quatro comediantes?

Quantas vezes contemplei, sorridente e enternecido, todos esses filósofos de quatro patas, escravos benévolos, submissos ou dedicados, que o dicionário republicano poderia muito bem qualificar de *oficiosos*, se a república, ocupada demais da *felicidade* das pessoas, tivesse tempo para cuidar da *honra* dos cães!

E quantas vezes pensei que havia, talvez, algures (quem sabe, afinal de contas?), para recompensar tanta coragem, tanta paciência e tanto labor, um paraíso especial para os bons cães, os pobres cães, os cães sujos e desolados. Swedenborg afirma que há um paraíso para os turcos e um outro para os holandeses!

Os pastores de Virgílio e de Teócrito esperavam, como prêmio pelas suas canções alternadas, um bom queijo, uma flauta do melhor artesão ou uma cabra de tetas cheias. O poeta que cantou os pobres cães recebeu como recompensa um bonito colete unicolor, ao mesmo tempo rico e desbotado, que fazia pensar nos sóis de outono, na beleza das mulheres maduras e nos verões de São Martinho.

Nenhum daqueles que estavam presentes na taberna da rua Villa-Hermosa esquecerá com que petulância o pintor se despojara do seu colete em favor do poeta, tão bem ele entendera que era bom e honesto cantar os pobres cães.

Assim, um magnífico tirano italiano dos velhos tempos oferecia ao divino Aretino ora uma adaga enriquecida de pedraria, ora um manto de corte, em troca de um precioso soneto ou um curioso poema satírico.

E todas as vezes que o poeta veste o colete do pintor é compelido a pensar nos bons cães, nos cães filósofos, nos verões de São Martinho e na beleza das mulheres bem maduras.

Epílogo

De coração contente, subo uma colina
 Da qual se pode ver toda a cidade:
Bordel, inferno, purgatório e piscina
Em que qualquer espécie de maldade
Floresce. Ó Satã, senhor do meu pesar,
Bem sabes que não vim por vã saudade,
Mas para, velho libertino, desfrutar
Da grande meretriz os dotes infernais
Que me inebriam e remoçam sem cessar.
Quer durmas nos lençóis das brumas matinais,
Quer tua manta de ouro semeada
Ostentes a bater as ruas noturnais,
Eu te amo, capital famigerada!
Ladrões e cortesãs, às vezes, oferecem
Prazeres tais de que o vulgar não sabe nada.

Como se pagam as dívidas quando se tem gênio

A seguinte anedota foi-me narrada com súplicas de que eu não a contasse a ninguém: por isso mesmo é que quero compartilhá-la com todo o mundo.

... Ele estava triste, a julgar pelo seu sobrolho carregado, a larga boca menos distendida e beiçuda que de ordinário, e aquela maneira entrecortada de bruscas pausas com a qual ele percorria repetidamente o duplo passeio da Ópera. Estava triste.

Era ele mesmo, o mais forte crânio comercial e literário do décimo nono século; ele, o cérebro poético alcatifado de cifras como o gabinete de um financista; era ele mesmo, o homem das falências mitológicas, das empresas hiperbólicas e fantasmagóricas das quais sempre se esquecia de iluminar o reverso; o grande perseguidor de sonhos, sem trégua à procura do absoluto; ele, o mais curioso, o mais engraçado, o mais interessante e o mais presunçoso dos personagens da Comédia Humana, aquele sujeito tão insuportável na vida real quanto delicioso nos seus escritos, aquele gordo menino cheio de gênio e de vaidade, que tem tantas qualidades e tantas esquisitices que a gente hesita em suprimir estas por medo de perder aquelas e de estragar, assim, toda a incorrigível e fatal monstruosidade!

O que é que deixava o grande homem tão sombrio, fazendo-o marchar assim, o queixo sobre a pança, e constranger sua testa enrugada a tornar-se o Chagrém mágico?

Estava ele sonhando com ananases a quatro tostões, uma ponte suspensa em fios de cipó, uma casa de campo sem escadas, mas com alcovas forradas de musselina? Alguma princesa à beira dos quarenta anos lhe jogara uma daquelas olhadas profundas que a beleza deve ao gênio? Ou então seu cérebro, grávido de uma máquina industrial, estava atenazado por todos os Sofrimentos de um inventor?

Não, infelizmente não! A tristeza do grande homem era uma tristeza vulgar, terra a terra, ignóbil, vergonhosa e ridícula: ele encontrava-se naquela situação humilhante que todos nós conhecemos, quando cada minuto esvoaçante leva nas suas asas uma chance de salvação, quando, de olho fixo no relógio, o gênio da invenção sente a necessidade de duplicar, triplicar, decuplicar suas forças na proporção do tempo que diminui e da velocidade com que se aproxima a hora fatal. O ilustre autor da "Teoria da letra de câmbio" tinha uma cambial de mil e duzentos francos a pagar no dia seguinte, e a tarde estava bem avançada.

Em tais casos, às vezes ocorre que, apressado, aflito, amassado pelo pistom da necessidade, o espírito se arremessa subitamente para fora da sua prisão com um lance inesperado e vitorioso.

Foi o que aconteceu, provavelmente, ao grande romancista, pois um sorriso sucedeu, nos lábios dele, à contração que magoava suas linhas altivas. Seus olhos reacenderam-se, e nosso homem, calmo e bem seguro, dirigiu-se para a rua Richelieu a passos sublimes e cadenciados.

Subiu ao apartamento onde um comerciante rico e próspero descansava, àquela hora, dos trabalhos do dia, com chá e fogo aceso; foi recebido com todas as honras devidas ao seu nome, e, passados alguns minutos, expôs o objeto da visita nos termos seguintes:

— Você quer ter depois de amanhã, n'*O Século* e n'*Os Debates*, dois grandes artigos "Variedades sobre os franceses pintadas por eles mesmos", dois grandes artigos meus e com minha assinatura? Estou precisando de mil e quinhentos francos. Para você, é um negócio de ouro.

Parece que o editor, diferente, naquilo, dos seus confrades, achou seu raciocínio razoável, pois a compra foi concluída imediatamente. Mudando de ideia, o grande homem insistiu em mil e quinhentos francos serem liberados com a publicação do primeiro artigo e depois, todo sereno, voltou ao passeio da Ópera.

Ao cabo de alguns minutos, avistou um rapazote de fisionomia rabugenta e espiritual que lhe tinha feito outrora um tremendo prefácio para "Grandeza e decadência de César Birotteau" e que já era conhecido nos meios jornalísticos pela verve burlesca e quase ímpia. Nem o pietismo ainda lhe cortara as garras, nem as folhas hipócritas tinham aberto seus bem-afortunados apagadores.

— Édouard, você quer ter amanhã cento e cinquenta francos?

— Puxa vida!

— Pois bem, venha tomar um cafezinho.

O rapaz tomou uma xícara de café, e sua pequena organização meridional ficou toda inflamada.

— Édouard, preciso, amanhã de manhã, de três grandes colunas "Variedades sobre os franceses pintadas por eles mesmos"; de manhã, está ouvindo? E bem cedinho, pois o artigo inteiro deve ser copiado com minha mão e assinado com meu nome. Isso é muito importante.

O grande homem pronunciou aquelas palavras com a ênfase admirável e o tom soberbo que usava, às vezes, para dizer a um amigo que não podia receber: "Mil perdões, meu querido, por deixá-lo fora; estou a sós com uma princesa, cuja honra está à minha disposição, e você entende..."

Édouard apertou-lhe a mão, como a um benfeitor, e foi correndo cumprir sua tarefa. O grande romancista encomendou o segundo artigo na rua Navarin.

O primeiro artigo apareceu, dois dias depois, n'*O Século*. Coisa estranha: ele não era assinado pelo pequeno nem pelo grande homem, mas pelo terceiro nome, bem conhecido na Boêmia da época por seus amores a gatos e à Ópera Cômica.

O segundo amigo era — e continua a ser — gordo, preguiçoso e linfático; além do mais, ele não tinha ideias, sabendo apenas enfiar e polir as palavras, como se fossem os colares de Osages; e, como é muito mais demorado empilhar três grandes colunas de palavras do que produzir um tomo de ideias, seu artigo só apareceu alguns dias mais tarde. Aliás, ele não foi inserto n'*Os Debates*, mas sim n'*A Imprensa*.

A cambial de mil e duzentos francos estava paga; cada um andava perfeitamente satisfeito, salvo o editor, que estava *quase* satisfeito. Assim é que se pagam as dívidas... quando se tem gênio.

E se um sabichão se atrevesse a tomar tudo isso por uma brincadeira de jornalzinho e um atentado à glória do maior homem de nosso século, ele enganar-se-ía vergonhosamente: eu só queria mostrar que para o grande poeta era tão fácil descartar uma letra de câmbio como escrever o romance mais misterioso e intrigante!

Conselhos aos jovens literatos

Os preceitos que vocês vão ler são fruto da experiência. A experiência implica certa soma de gafes, e, cada um as tendo cometido, todas ou quase todas, espero que minha experiência acabe sendo verificada pela de cada um.

Os ditos preceitos não têm, pois, outras pretensões senão a dos *vade mecum*, e sua utilidade – utilidade enorme! – é diferente da de *Civilidade pueril e honesta*. Imaginem só o código da civilidade escrito por uma Warens de coração inteligente e bom, a arte de arrumar-se oportunamente ensinada por uma mãe! — Portanto introduzirei, eu mesmo, nesses preceitos dedicados aos jovens literatos, uma ternura toda fraterna.

I. Da sorte e do azar nas estreias

Os jovens escritores que, falando de um jovem confrade de maneira meio invejosa, dizem: "Que bela estreia, ele teve tamanha sorte!", não pensam que toda estreia sempre tem precedentes, sendo o efeito de vinte outras estreias que eles não conheceram.

Não sei se, no tocante à reputação, algo se faz num relâmpago. Acho que o sucesso é, numa proporção aritmética ou geométrica, a consequência da força do escritor, o resultado dos sucessos anteriores, frequentemente invisíveis a olho nu. Há uma lenta agregação de sucessos moleculares, mas de gerações miraculosas e espontâneas — nunca!

Os que dizem: "Estou com azar", são os que ainda não tiveram bastante sucesso nem sabem disso.

Faço o rol de mil circunstâncias que envolvem a vontade humana, e têm, elas mesmas, suas causas legítimas; são uma circunferência dentro da qual está trancada a vontade; porém aquela circunferência é movente, vivente, girante, e muda todos os dias, todos os minutos, todos os segundos de círculo e de centro. Assim levadas por ela, todas as vontades humanas ali enclausuradas variam, a cada instante, seu jogo recíproco, e isso é que constitui a liberdade.

Liberdade e fatalidade são contrárias uma à outra; vistas de perto e de longe, são uma só vontade.

Por isso mesmo não há azares. Se você está com azar, é que lhe falta alguma coisa: conheça-a bem, essa coisa, e estude o jogo das vontades vizinhas para deslocar mais facilmente a circunferência.

Um exemplo entre mil. Muitos dos que amo e respeito revoltam-se contra as popularidades atuais — logogrifos em ação; mas o talento daquela gente, por frívolo que seja, ainda assim existe, e a cólera de meus amigos não existe, ou melhor, existe *assim-assim*, porque ela é do tempo perdido, a coisa menos preciosa do mundo. A questão não é sabermos se a literatura do cerne ou da forma é superior àquela em voga. Isso é vero demais, ao menos para mim. Mas isso será justo apenas pela metade, enquanto você não tiver no gênero, que quer implantar, tanto talento quanto Eugène Sue no gênero dele. Acenda igual interesse com novos meios; possua uma força igual e superior num sentido oposto; duplique, triplique, quadruplique a dose até chegar à mesma concentração, e você não terá mais o direito de maldizer o *burguês*, porque o *burguês* estará a seu lado. Até lá, *vae victis*! Que nada é verdade senão a força que é a justiça suprema.

II. Dos salários

Por mais bela que seja uma casa, ela é antes de tudo — antes que sua beleza seja provada — tantos metros de altura por tantos de largura. Do mesmo modo, a literatura, que é a matéria mais inapreciável, é antes de tudo o preenchimento de colunas; e o arquiteto literário, cujo nome não é, por si só, uma chance de lucro, deve vender a qualquer preço.

Há jovens que dizem: "Já que isso vale tão pouco, por que a gente se daria tanto trabalho?" Eles teriam podido fornecer *uma obra melhor* e, nesse caso, só teriam sido roubados pela necessidade atual, pela lei da natureza. Mas eles se roubaram a si mesmos: mal pagos, desonraram-se, embora tivessem podido achar nisso honra.

Em resumo, tudo o que poderia escrever sobre o assunto nesta máxima suprema que entrego à meditação de todos os filósofos, de todos os historiadores e de todos os homens de negócios: só por meio dos belos sentimentos é que se chega à fortuna!

Os que dizem "Para que fazer das tripas coração por tão pouco?" são os que, mais tarde, querem vender seus livros a duzentos francos o folhetim e, rejeitados, vêm no dia seguinte oferecê-los com cem francos de perda.

O homem razoável é aquele que diz: "Acho que isto vale tanto, porque tenho gênio; mas se for preciso fazer algumas concessões, fá-las-ei para ter a honra de ser um de vós".

III. Das simpatias e das antipatias

Em amor, como em literatura, as simpatias são involuntárias; todavia elas precisam ser verificadas, e a razão tem nisso sua parte ulterior.

As verdadeiras simpatias são excelentes por serem duas em uma; as falsas são detestáveis por serem uma só, menos a primitiva indiferença que vale mais do que o ódio, resultado necessário da trapaça e da desilusão.

Por isso é que admito e admiro a camaradagem, já que se baseia nas relações essenciais de razão e de temperamento. Ela é uma das santas manifestações da natureza, uma das numerosas aplicações daquele provérbio sagrado: a união faz a força!

A mesma lei de franqueza e de ingenuidade deve reger as antipatias. No entanto, há pessoas que se fabricam ódios como admirações — à toa. Isso é muito imprudente: arranja--se um inimigo sem benefício nem proveito. O golpe errado acaba, não obstante, ferindo o coração do rival a que era destinado, sem contar que também pode ferir, à esquerda ou à direita, uma das testemunhas do combate.

Um dia, durante uma aula de esgrima, um credor veio atormentar-me e eu o persegui pela escada com golpes de florete. Quando voltei, o mestre-d'armas — um gigante pacífico que me teria derrubado com um sopro — disse-me: "Como você esbanja sua antipatia! Um poeta, um filósofo, ora!" Eu tinha perdido o tempo de fazer dois ataques, estava ofegante, envergonhado e desprezado por um homem a mais — o credor a que não causara, aliás, grande mal.

Com efeito, o ódio é um licor precioso, um veneno mais caro que o dos Borgias, pois ele é feito com nosso sangue, nossa saúde, nosso sono e dois terços de nosso amor! Não precisamos desperdiçá-lo!

IV. Da difamação

A difamação só deve ser praticada contra os cúmplices do errado. Se você é forte, perder-se-á quem atacar um homem forte. Divergindo você do seu adversário nalguns pontos, ele sempre estará a seu lado em certas ocasiões.

Há dois métodos de difamação: pela linha curva e pela linha reta, que é o caminho mais curto.

A gente achará bastantes exemplos da linha curva nos folhetins de J. Janin. A linha curva diverte a torrinha, mas não a instrui.

A linha reta é praticada agora com sucesso por alguns jornalistas ingleses; em Paris ela caiu em desuso, o próprio Sr. Granier de Cassagnac parece tê-la esquecido. Ela consiste em dizer: "Sr. X... é um homem desonesto e, ainda por cima, imbecil — é isso que vou provar!" — e provar mesmo: primeiro, segundo, terceiro, etc. Recomendo esse método a todos os que têm fé em razão e um punho sólido.

A difamação fracassada é um acidente deplorável; é uma flecha que volta, ou ao menos lhe arranha a mão partindo, uma bala cujo ricochete pode matar você mesmo.

V. Dos métodos de composição

Hoje em dia, é preciso produzirmos muito; é preciso, pois, irmos depressa; é preciso, pois, apressarmo-nos lentamente; é preciso, pois, que todos os golpes atinjam seu alvo e que nenhum toque seja inútil.

Para escrevermos depressa, é preciso termos pensado muito, termos levado o assunto ao passeio, ao banheiro, ao restaurante e quase à casa da namorada. E. Delacroix dizia-me um dia: "A arte é uma coisa tão ideal e tão fugitiva que as ferramentas nunca são bastante apropriadas nem os meios bastante expeditos". O mesmo acontece na literatura; desse modo, não sou partidário da rasura: ela turva o espelho do pensamento.

Alguns autores — e dos mais distintos e dos mais conscienciosos (Édouard Ourliac, por exemplo) — começam por carregar montes de papelada; eles chamam isso de cobrir sua tela. Tal operação confusa tem por objetivo não perderem nada. Depois, cada vez que eles tornam a copiar, ficam podando e desbastando. Mesmo que o resultado seja excelente, eles abusam de seu tempo e de seu talento. Cobrir uma tela não é sobrecarregá-la de cores, mas sim esboçar bem de leve, dispor as tintas em tons ligeiros e transparentes. A tela deve ser coberta — em espírito — naquele momento em que o escritor toma sua pena para escrever o título.

Dizem que Balzac sobrecarrega seu original e suas provas de uma maneira fantástica e desordenada. Um romance passa por uma série de gêneses em que se dispersa a unidade não apenas da frase, mas também da obra. É, sem dúvida, esse mau método que frequentemente dá ao estilo dele não sei o que de difuso, embaraçoso e perturbador — o único defeito desse grande contador de histórias.

VI. Do trabalho diário e da inspiração

A orgia não é mais irmã da inspiração: cassamos esse parentesco adúltero. A rápida degradação e a fraqueza de alguns belos caracteres testemunham suficientemente contra esse odioso preconceito.

Uma alimentação nutritiva, mas regular, é a única coisa necessária aos escritores fecundos. A inspiração é decididamente irmã do trabalho diário. Esses dois contrários não se excluem mais que todos os contrários a constituírem a natureza. A inspiração obedece igual à fome, igual à digestão, igual ao sono. Sem dúvida, há no espírito uma espécie de mecânica celeste, de que não precisamos envergonhar-nos, mas tirar, como fazem os médicos, a vantagem mais gloriosa da mecânica do corpo. Se a gente quiser viver numa contemplação obstinada da obra de amanhã, o trabalho diário servirá à inspiração — como uma escrita legível serve para esclarecer, e como o pensamento calmo e poderoso serve para escrever legivelmente —, pois o tempo das más escritas passou.

VII. Da poesia

Quanto àqueles que se entregam ou se entregaram com sucesso à poesia, aconselho-os que nunca a abandonem. A poesia é uma das artes que mais rendem, mas, ao mesmo tempo, uma espécie de investimento em cujos lucros — em compensação, bem vultosos — só se toca tarde.

Meu desafio aos invejosos é que me citem os bons versos que tenham arruinado um editor.

Do ponto de vista moral, a poesia estabelece uma tal demarcação entre os espíritos de primeira ordem e os de segunda que nem o público mais burguês escapa à sua influência despótica. Conheço algumas pessoas que leem os folhetins de Théophile Gautier só porque ele fez a *Comédia da morte*; sem dúvida, elas não sentem todas as graças dessa obra, mas sabem que ele é poeta.

Aliás, o que isso tem de surpreendente, se todo homem com saúde pode passar dois dias sem comida e sem poesia — nenhum?

A arte que satisfaz a necessidade mais imperiosa sempre será a mais honrada.

VIII. Dos credores

Vocês se lembram, sem dúvida, da comédia intitulada *Desordem e gênio*. Que a desordem tenha, às vezes, acompanhado o gênio, isso prova simplesmente que o gênio é terrivelmente forte. Infelizmente esse título não exprime, para muitos jovens, um mero acidente, mas sim uma necessidade.

Duvido muito que Goethe tenha tido credores. Até Hoffmann, aquele desregrado Hoffmann, tomado por necessidades mais frequentes e aspirando sem parar a sair delas, até ele morreu no momento em que uma vida mais folgada permitia a seu gênio um impulso mais radioso.

Nunca tenham credores; se quiserem, façam de conta que têm alguns, é tudo o que posso dizer-lhes.

IX. Das amantes

Se quiser observar a lei dos contrastes, que governa a ordem moral e a ordem física, estarei obrigado a pôr na lista das mulheres perigosas, aos homens de letras, a *mulher honesta*, a escritora e a atriz: a *mulher honesta,* porque ela pertence necessariamente a dois homens e é um medíocre pasto para a alma despótica de um poeta; a escritora porque é um homem frustrado; a atriz porque ela é envernizada de literatura e fala gírias — enfim, porque não é uma mulher em todo o sentido da palavra, sendo o público mais precioso para ela do que o amor.

Vocês podem imaginar um poeta apaixonado por sua mulher e constrangido a vê-la representar um travesti? Parece-me que ele deveria botar fogo no teatro!

Vocês podem imaginar aquele que se vê obrigado a escrever um papel para sua mulher que não tem talento?

E aquele outro, suando para transmitir com seus epigramas, ao público do proscênio, as dores que este lhe causou por intermédio do ser mais querido — aquele ser que os orientais guardavam a sete chaves antes de virem estudar Direito em Paris? É porque todos os verdadeiros literatos têm, em certos momentos, horror da literatura, que eu só admito para eles — almas livres e orgulhosas, espíritos fatigados que sempre precisam descansar no sétimo dia — duas classes de mulheres possíveis: moças ou mulheres bobinhas, amor ou churrasco. É necessário explicar as razões, meus irmãos?...

CHARLES BAUDELAIRE:
BREVE CRONOLOGIA BIOGRÁFICA

Oleg Almeida

1819
9 de setembro. Joseph-François Baudelaire, alto funcionário público dos tempos de Napoleão e pintor amador, casa-se, em segundas núpcias, com Caroline Archimbaut-Dufays. Viúvo e pai de um filho adolescente, Joseph-François tem sessenta anos, e Caroline, apenas vinte e seis.

1821
9 de abril. Nasce em Paris, no n°. 13 da rua Hautefeuille, o único filho do casal Baudelaire, Charles-Pierre.
7 de junho. Batismo na Igreja Saint-Sulpice.

1827
10 de fevereiro. Aos sessenta e sete anos falece o pai de

Charles. Foi dele que o futuro poeta herdou seu profundo interesse e refinado gosto pelas artes.

1828
8 de novembro. A mãe de Baudelaire se casa com o comandante Jacques Aupick, homem rígido e intolerante. Charles nunca a perdoará por esse segundo casamento, nem se entenderá com o padrasto.

1829
Outubro. Charles é matriculado na escola primária.

1832
Janeiro. O tenente-coronel Aupick é transferido para Lyon e leva a família consigo. Charles cursa a sexta série* do Colégio Real de Lyon. Em seus sonhos infantis, ele se vê "ora papa, mas papa militar, ora comediante".
Outubro. Baudelaire se torna interno da quinta série no Colégio Real de Lyon.

1836
Janeiro. Promovido a coronel em abril de 1834, Aupick é nomeado chefe de estado-maior da 1ª. divisão e retorna a Paris com a família.
1 de março. Baudelaire entra no Colégio Louis-le-Grand como bolsista. Tendo iniciado, em Lyon, a segunda série, ele repete a terceira, pois "em Paris a matemática começa um ano mais cedo".
Junho. "Muita leviandade (...)", diz o prof. Achille Chaudin a respeito de Charles. "Falta de energia para corrigir seus defeitos. Falsidade, mentiras. Maneiras, às vezes, nobres; às vezes, chocantes por causa da afetação."

---

* Na França, a enumeração das séries é feita na ordem decrescente. (N. do E.)

1837
Aluno da segunda série, Baudelaire ganha o segundo prêmio do Concurso Geral de Versos em Latim. "Sentimento de solidão, desde minha infância. Malgrado a família e, sobretudo, no meio dos coleguinhas — sentimento de destino eternamente solitário. Não obstante, um gosto muito vivo pela vida e pelo prazer": assim o poeta recontará seus anos escolares no diário íntimo *Meu coração desnudado*.

1838
Na opinião do prof. Desforges, Baudelaire "tem invenção, quando quer, e fineza. Falta-lhe compostura para fazer estudos fortes e sérios".

Agosto. Acompanhando a mãe e o padrasto numa viagem aos Pireneus, Charles escreve *Incompatibilidades*, poema em que se revela, pela primeira vez, o temperamento criativo do futuro autor d'*As flores do mal*.

1839
Fevereiro. "Baudelaire retomou, há alguns dias, suas atitudes cheias de bizarrice. É deplorável que, tendo seguido um bom caminho desde o início do ano, esse aluno se divirta a dar mau exemplo", diz o prof. Achille Carrère.

18 de abril. Baudelaire é expulso da escola por insubordinação. "Devolvo-lhe este moço que era dotado de meios bastante notáveis, mas estragou tudo com um mau espírito, que a boa ordem do Colégio teve de sofrer mais de uma vez", escreve o diretor J. Pierot ao padrasto de Charles.

12 de agosto. Baudelaire é admitido excepcionalmente às provas do bacharelado, que faz no Colégio Saint-Louis: Autores Gregos – Passável; Autores Latinos – Passável; Retórica – Passável; História Antiga – Passável; História Moderna – Fraco; Geografia – Fraco; Filosofia – Passável; Matemática – Passável; Física – Passável.

2 de novembro. Baudelaire se matricula na Escola de Direito; porém os estudos não o atraem...

1840

Desinteressado na brilhante carreira que lhe oferece o padrasto, na época marechal de campo e amigo do duque de Orléans, Baudelaire frequenta os círculos boêmios de Paris, leva uma vida desregrada, envolve-se com a prostituta Sarah "la Louchette" (Vesguinha), a qual mencionará, anos mais tarde, nos poemas *"Tu punhas o universo inteiro no teu beco, / Mulher impura..."* e *"Uma noite em que estava deitado com uma horrível judia..."*. Do mesmo período data, aliás, o amadurecimento da sua vocação artística, bem como seus primeiros encontros com Honoré de Balzac, Gérard de Nerval, Édouard Ourliac e outros escritores.

1841

"Meu caro senhor Baudelaire", escreve Aupick a Claude Alphonse Baudelaire, meio-irmão de Charles, "Chegou o momento em que alguma coisa deve ser feita para impedir a perda absoluta de seu irmão. (...) O perigo é grande. A meu ver (...), há urgência de arrancá-lo das calçadas escorregadias de Paris". Ele pretende mandar o enteado "para uma longa viagem por mar, a umas e outras Índias, na esperança de que, assim desterrado, arrancado de suas detestáveis relações e na presença de tudo o que teria a estudar, ele consiga voltar ao real e regresse, quem sabe, poeta, mas poeta cujas inspirações tenham fontes melhores que os esgotos de Paris..."

9 de junho. Após uma violenta briga com o padrasto, Baudelaire embarca em Bordeaux num navio mercante rumo a Calcutá. Uma vez a bordo, ele se isola altivamente, alheio a tudo o que não seja literatura.

Junho – setembro. Viagem marítima do poeta que lhe sugerirá duas obras-primas: *O albatroz* e *A uma dama crioula*.

19 de setembro. Baudelaire chega à Ilha Bourbon (atual Ilha da Reunião), onde decide interromper a viagem.

1842

15 de fevereiro. Baudelaire desembarca em Bordeaux. "Não acho que esteja voltando com a sabedoria no bolso", comenta, sarcástico.

Março. Primeiro encontro de Baudelaire com Jeanne Duval ("Vênus Negra", como ele a chamará), jovem mulata que faz pequenos papéis num dos teatros parisienses. Início de um relacionamento conturbado que atravessará toda a vida do poeta. É a Jeanne que serão dedicados os célebres poemas *Perfume exótico*, *A cabeleira*, *Sed non satiata*, *A serpente que dança*, *O vampiro*, *A sacada*, *Canção da tarde*, *O Lete*.

Abril – maio. Maior de idade, Baudelaire recebe sua parte da herança paterna (cerca de setenta e cinco mil francos) e logo se entrega à boêmia.

1842 – 1845

O poeta muda-se para o suntuoso hotel Pimodan, na Ilha Saint-Louis, veste-se como um verdadeiro dândi, começa a usar drogas: ópio e haxixe. Frequenta as sessões do Clube dos haxixistas, onde conhece Théophile Gautier e outros artistas em busca dos "paraísos artificiais". A vida mundana leva-o não só a desbaratar seu patrimônio, comprando quadros, móveis e artigos de luxo, como também a se endividar. O agiota Arondel, que mora no mesmo hotel, será, daí em diante, seu credor implacável. Por fim, Baudelaire contrai sífilis, de que jamais se livrará.

1844

Julho. Ao gastar metade de sua fortuna, Baudelaire fica sob a tutela jurídica imposta pelos familiares.

21 de setembro. O notário Narcisse-Désiré Ancelle é nomeado administrador das posses de Baudelaire.

1845

Ganhando apenas uma mesada de duzentos francos, o poeta troca seus ternos elegantes pela mais simples blusa (há quem enxergue nisso uma "nova forma de dandismo"), às vezes dorme na rua e, para se sustentar, faz críticas de arte. Ao longo dos anos, tais artigos fundamentais como *Exposição universal: belas-artes* (1855), *O salão de 1859* (1859), *Pintores e aquafortistas* (1862), *O pintor da vida moderna* (1863), *Obra e vida de Eugène Delacroix* (1863) consagrá-lo-ão um dos mestres do gênero na França.

Abril. O primeiro ensaio crítico (*O salão de 1845*) é publicado sob o nome Baudelaire-Dufays.

30 de junho. Tentativa de suicídio. Antes de se ferir no peito com uma faca, Baudelaire escreve a seu tutor: "Eu me mato porque sou inútil aos outros e perigoso a mim mesmo...", e lega todos os seus bens a Jeanne Duval. Breve estada na casa da mãe.

1845 – 1847
Após o sucesso d'*O salão de 1845*, diversos artigos de Baudelaire — *Como se pagam as dívidas quando se tem gênio* e *Conselhos aos jovens literatos*, entre outros — aparecem em jornais e revistas de Paris: *O Corsário-Satã*, *O Espírito Público*, *O Eco dos Teatros*, *O Artista*, etc. O poeta descobre as obras de Edgar Allan Poe, que serão, pelo resto da vida, sua "verdadeira obsessão".

1847
Janeiro. A única novela de Baudelaire, *A Fanfarlo*, é publicada no *Boletim da Sociedade dos Homens de Letras*, à qual o poeta aderiu em junho de 1846.

18 de agosto. Baudelaire conhece a atriz Marie Daubrun, "fada que surgiu no fundo de um teatro banal".

1848
Fevereiro. Nos dias da revolução que destronará o rei Louis-Philippe, Baudelaire é visto nas ruas de Paris. Brandindo um fuzil, ele grita: "Vamos fuzilar o general Aupick!" O poeta lança *A Salvação Pública*, jornal democrático que terá apenas dois números (*27* e *28 de fevereiro*).

10 de abril – 6 de maio. Baudelaire exerce o cargo de secretário de redação d'*A Tribuna Nacional*, jornal de orientação socialista.

Junho. Baudelaire luta nas barricadas de Paris durante a malograda rebelião popular: "Minha embriaguez de 1848...".

15 de julho. Publicação do primeiro conto de Edgar Allan Poe (*A revelação magnética*) traduzido por Baudelaire.

20 de outubro. Baudelaire se anima com a perspectiva de dirigir um novo jornal na cidade de Châteauroux, mas sua empresa dura apenas alguns dias: chocados com a "vida irregular" do redator-chefe, que no primeiro expediente pergunta onde está a aguardente da redação, os proprietários do jornal mandam-no de volta a Paris.

1849 – 1851
Doente, de "estômago bastante estragado pelo láudano" (tintura de ópio) e muito endividado, Baudelaire faz esforços desesperados para ganhar a vida. Volta e meia, muda de domicílio (numa das cartas de 1858, ele citará, pelo menos, catorze endereços seus em "dezesseis anos de vadiagem"), e, humilhado, pede dinheiro a Ancelle.

1852
Baudelaire se apaixona por Apollonie Sabatier, modelo de vários pintores franceses e dona de um salão artístico na rua Frochot. Em *9 de dezembro*, ela recebe uma carta anônima — "A pessoa para a qual estes versos foram feitos, quer lhe agradem, quer desagradem, e mesmo que lhe pareçam totalmente ridículos, mui humildemente imploro a ela que não os mostre a ninguém. Os sentimentos profundos têm um pudor que não queria ser violado. Não é a ausência da assinatura um sintoma deste invencível pudor?..." —, com o poema *Àquela que é leda demais*. Entre 1852 e 1857, o admirador secreto enviará à Madame Sabatier obras famosas como *O facho vivo*, *Reversibilidade*, *Confissão*, *A alva espiritual*, *Harmonia da tarde*. "Quanto a esta covardia do anônimo, o que lhe direi, que desculpa alegarei...", escreve Baudelaire à sua musa, "Suponha, se quiser, que, às vezes, sob a pressão de um obstinado pesar, eu só consiga encontrar alívio no prazer de fazer uns versos para a senhora, e que depois me veja obrigado a ceder ao inocente desejo de mostrar-lhos com o horrível medo de desagradá-la".

1853
1 de março. Publicada a tradução d'*O corvo*, de Edgar Allan Poe.

1855
1 de junho. Primeira publicação d'*As flores do mal*: dezoito poemas avulsos aparecem na *Revista dos Dois Mundos*.

Agosto. Baudelaire publica seus primeiros poemas em prosa: *O crepúsculo vespertino* e *A solidão*.

1856
Março. Primeira edição das *Histórias extraordinárias* de Edgar Allan Poe traduzidas por Baudelaire.

Setembro. Baudelaire rompe com Jeanne Duval: "Eu sei que esta mulher sempre me fará falta (...). Ainda hoje — e eu me sinto perfeitamente calmo —, surpreendo-me ao ver um belo objeto, uma bela paisagem, qualquer coisa agradável pensando: por que ela não está comigo?" Romance com Marie Daubrun, que inspirará seus poemas *O veneno*, *Céu nublado*, *Convite para a viagem*, *O irreparável*, *Os gatos*.

30 de dezembro. O poeta assina o contrato de publicação d'*As flores do mal* com o editor Auguste Poulet-Malassis.

1857
4 de fevereiro. Baudelaire entrega a Poulet-Malassis o manuscrito d'*As flores do mal*.

8 de março. Edição das *Novas histórias extraordinárias* de Edgar Allan Poe traduzidas por Baudelaire.

20 de abril. Mais nove fragmentos d'*As flores do mal* são publicados na *Revista Francesa*.

28 de abril. Jacques Aupick — ministro plenipotenciário em Constantinopla (1848), embaixador em Madri (1851) e senador (desde 1853) — morre aos sessenta e oito anos. A mãe do poeta retira-se para Honfleur.

25 de junho. Lançamento da 1ª. edição d'*As flores do mal*. O livro reúne todos os poemas que Baudelaire escreveu desde 1840 (cem obras, no total), e conta com mil e trezentos exemplares.

5 de julho. *O Fígaro*, um dos mais tradicionais jornais franceses, publica um artigo crítico sobre *As flores do mal*. Seu autor, Gustave Bourdin, afirma que, no livro de Baudelaire, "o odioso avizinha o ignóbil, o repugnante alia-se ao infecto...", concluindo: "Há momentos em que se duvida do estado mental do sr. Baudelaire, há outros em que não se duvida mais dele (...). Este livro é um hospital aberto a todas as demências do espírito, a todas as podridões do coração; ainda seria bem se fosse para curá-las, mas elas são incuráveis".

7 de julho. A diretoria da Segurança Pública dá início à perseguição judicial contra Baudelaire e seu editor por "ofensa à moral religiosa" e "ultraje à moral pública e aos bons costumes".

11 de julho. "Rápido, esconda, mas esconda bem toda a edição!", escreve Baudelaire a Poulet-Malassis, temendo a apreensão da tiragem posta à venda. "Eis o que dá enviar exemplares a *O Fígaro*!"

18 de agosto. Às vésperas do processo, Baudelaire pede ajuda à Madame Sabatier. "Todos os versos contidos entre a página 84 e a página 105 lhe pertencem", assume ele a autoria dos poemas anônimos.

20 – 21 de agosto. Processo d'*As flores do mal*. A justiça condena Baudelaire e Poulet-Malassis às multas de trezentos e cem francos, respectivamente, e ordena a supressão de seis poemas considerados obscenos (*As joias*, *O lete*, *Àquela que é leda demais*, *Lesbos*, *Mulheres malditas*, *As metamorfoses do vampiro*), "visto que a intenção do poeta, (...), qualquer que seja a censura precedente ou posterior às suas imagens, não saberia destruir o efeito funesto dos quadros que ele apresenta ao leitor e que, nas peças incriminadas, conduzem necessariamente à excitação dos sentidos por um realismo grosseiro e ofensivo ao pudor".

30 de agosto. Victor Hugo escreve a Baudelaire: "A arte é como o azul do céu, é um campo infinito: você acaba de provar isso. Suas *Flores do mal* raiam e deslumbram como as estrelas. Continue. Com todas as forças, eu grito 'bravo!' ao seu vigoroso espírito!"

30 – 31 de agosto. Baudelaire e Madame Sabatier tornam-se amantes por uma só noite. O amor platônico do poeta chega ao fim: "Alguns dias atrás, tu eras uma divindade... Agora és uma mulher".

6 de novembro. Baudelaire escreve à imperatriz Eugénie: "Devo dizer que fui tratado pela Justiça com uma cortesia admirável, e que os termos mesmos do julgamento implicam o reconhecimento de minhas altas e puras intenções. Mas a multa (...) ultrapassa as faculdades da pobreza proverbial dos poetas, e (...) persuadido de que o coração da imperatriz está aberto à piedade por todas as tribulações, tanto espirituais como materiais, concebi o projeto (...) de solicitar a bem amável bondade de Vossa Majestade e de pedir-Lhe que intercedesse por mim junto ao sr. Ministro da Justiça". Graças à intervenção da imperatriz, a multa é reduzida a cinquenta francos.

1858
Tido como ídolo por vários jovens artistas e poetas, Baudelaire alcança o ápice da carreira. Seu trabalho de crítico literário — artigos *A escola pagã* (1852), *Madame Bovary por Gustave Flaubert* (1857), *Théophile Gautier* (1859), *Os miseráveis por Victor Hugo* (1862) — é bem aceito pelo público. Colaborando com a *Revista Contemporânea* e a *Revista Francesa*, ele consegue diminuir temporariamente suas dificuldades financeiras.

13 de maio. Publicada a tradução d'*As aventuras de Arthur Gordon Pym*, de Edgar Allan Poe.

30 de setembro. A primeira parte do livro *Os paraísos artificiais — o haxixe*, aparece na *Revista Contemporânea*.

Novembro. Baudelaire volta a viver com Jeanne Duval.

1859
Janeiro. Baudelaire visita sua mãe em Honfleur e reconcilia-se com ela. Vários poemas são escritos nesse período.

5 de abril. Vítima da sífilis tardia, Jeanne Duval é acometida por uma paralisia e internada numa casa de saúde.

Maio. Jeanne recebe alta, e Baudelaire aluga um pequeno

apartamento, onde vai morar com ela por algum tempo. Até a ruptura definitiva em 1861, o poeta se considerará seu "tutor".

1860

Doenças, vícios e privações renitentes provocam a decadência física do poeta.

1 de janeiro. Cada vez mais endividado, Baudelaire faz um novo contrato com Poulet-Malassis, que pretende lançar a 2ª. edição d'*As flores do mal* e *Os paraísos artificiais* (livro em que Baudelaire descreve suas experiências de uso de entorpecentes).

13 de janeiro. Primeira crise cerebral.

15 de maio. Lançamento d'*Os paraísos artificiais*.

1861

9 de fevereiro. A 2ª. edição d'*As flores do mal* acrescida de 32 novos poemas sai do prelo.

1 de abril. Numa das cartas à mãe, Baudelaire menciona, pela primeira vez, seu diário íntimo intitulado *Meu coração desnudado*.

Maio. Novas tentativas de suicídio.

24 de maio. Baudelaire cede a Poulet-Malassis o direito exclusivo de reprodução de todas as suas obras presentes e futuras.

1 de novembro. Nove poemas em prosa são publicados na *Revista Fantasista*.

11 de dezembro. Baudelaire decide candidatar-se à Academia Francesa, que tem, naquele momento, duas cadeiras vagas: a de Eugène Scribe e a de Lacordaire.

1862

Falece o magistrado Claude Alphonse Baudelaire, meio-irmão de Charles.

23 de janeiro. "Eu cultivei minha histeria com deleite e terror", escreve Baudelaire no seu diário íntimo. "Agora tenho vertigens contínuas e hoje (...) recebi uma singular advertência, senti o vento das asas da imbecilidade passar sobre mim."

Nesse período, sua pobreza é tão patente que, muitas vezes, ele aparece nas ruas de Paris esfarrapado.

10 de fevereiro. Seguindo o conselho de Sainte-Beuve, que prevê sua derrota iminente nas eleições da Academia, Baudelaire desiste de disputar a cadeira de Lacordaire, pela qual acabava de optar, e que será ocupada, em *20 de fevereiro*, pelo príncipe Albert de Broglie.

12 de setembro. Poulet-Malassis é preso por dívidas. Ao passar três meses na prisão, ele se refugia na Bélgica.

1863
13 de janeiro. Baudelaire revende os direitos de reprodução das suas obras ao editor Heztel por mil e duzentos francos.

1 de fevereiro. Falência da Editora Malassis.

1864
24 de abril. Perseguido pelos credores, debilitado pelas doenças e drogas, Baudelaire parte para Bruxelas, onde espera lançar suas obras completas e fazer conferências sobre arte. Em alguns meses, ele fica profundamente decepcionado com a Bélgica. "Aqui o engano é uma regra, e não desonra", reclama numa carta a Édouard Manet. "Ainda não abordei o grande negócio para o qual tinha vindo, mas tudo o que está acontecendo comigo é de muito mau augúrio... Não acredite nunca no que lhe contarem sobre a bonomia belga."

25 de dezembro. Seis poemas em prosa são publicados na *Revista de Paris* sob o título *O esplim de Paris*.

1865
7 de fevereiro. Seis poemas em prosa intitulados *O esplim de Paris* são publicados n'*O Fígaro*. "Recebo de bem longe, e de pessoas que não conheço, testemunhos de simpatia que muito me tocam, mas não me consolam de minha detestável miséria, de minha situação humilhante e, sobretudo, de meus vícios", escreve Baudelaire a Ancelle no dia seguinte.

Maio – junho. Baudelaire profere palestras sobre Gautier, Delacroix e outros artistas franceses, mas a esperança de melhorar um pouco sua situação financeira acaba malograda: o grêmio Círculo das Artes, que lhe prometeu quinhentos francos por cinco conferências, paga apenas cem francos.

13 de outubro. "Que montão de canalhas! E eu, que achava que a França fosse um país absolutamente bárbaro, eis-me constrangido a reconhecer que há um país mais bárbaro que a França", resume Baudelaire sua opinião sobre a Bélgica numa das cartas a Ancelle, finalizando: "Sim, eu preciso voltar a Honfleur. Preciso de minha mãe..."

1866

Janeiro. "É a apoplexia ou a paralisia que vem...", pressente Baudelaire. Os sintomas neurológicos — vertigens, dores de cabeça, náuseas — não o deixam mais.

Fevereiro. Poulet-Malassis lança em Amsterdã *Os escombros*, coletânea que reúne seis obras de Baudelaire condenadas pela justiça francesa, e dezessete poemas novos. O livro é ilustrado por Félicien Rops, que o poeta conheceu na Bélgica.

Março. Desmaiando na escadaria da Igreja Saint-Loup, em Namur, Baudelaire é socorrido por amigos. No dia seguinte, manifestam-se nele "sinais de distúrbio mental".

20 de março. A última carta escrita pela mão de Baudelaire.

23 de março. O poeta fica parcialmente paralisado.

30 de março. Baudelaire dita à mãe sua última carta a Ancelle e emudece: afasia.

Abril. Baudelaire é internado numa casa de saúde.

4 de julho. Transportado pela mãe a Paris, Baudelaire dá entrada no hospital do dr. Duval. Sainte-Beuve, Théodore de Banville, Leconte de Lisle e outros artistas vêm visitá-lo.

1867

31 de agosto. Por volta das onze horas da manhã, após uma longa agonia, o poeta expira "sereno e sem sofrimento" nos braços da mãe.

2 de setembro. Enterro de Baudelaire no cemitério Montparnasse. Um punhado de amigos e admiradores — entre eles

Charles Asselineau, Théodore de Banville e Paul Verlaine —
despede-se do maior poeta francês do século XIX.

1868
6 de maio. Por causa da publicação d'*Os escombros*, Poulet-
-Malassis é condenado pelo tribunal correcional de Lille a um
ano de prisão e quinhentos francos de multa.

1868 – 1869
A herança literária de Charles Baudelaire é posta em leilão.
O editor Michel Lévy adquire-a por 1.750 francos, e lança as
Obras completas do poeta, organizadas por Charles Asselineau e
prefaciadas por Théophile Gautier. O Tomo I delas inclui a 3ª.
edição d'*As flores do mal* (151 poemas); o Tomo II, *Curiosidades
estéticas*; o Tomo III, *A arte romântica*; o Tomo IV, *Pequenos
poemas em prosa* e outras obras prosaicas: *Os paraísos artificiais*,
A Fanfarlo, *O jovem encantador* (novela do autor inglês Croly
traduzida por Baudelaire em 1846); os Tomos V, VI e VII,
traduções das obras de Edgar Allan Poe.

1869
Charles Asselineau publica o livro *Charles Baudelaire, sua
vida e obra*, primeira biografia do poeta.

1871
16 de agosto. Madame Caroline Aupick, mãe de Charles
Baudelaire, falece aos setenta e sete anos.

1902
26 de outubro. Um monumento em homenagem a Charles
Baudelaire é inaugurado no cemitério Montparnasse, sob os
auspícios do ministro das Belas-Artes.

1949
31 de maio. Em função de um requerimento da Sociedade
dos Homens de Letras, Charles Baudelaire e seu editor são
reabilitados pela Corte de Cassação francesa, de cuja sentença

consta que os poemas incriminados d'*As flores do mal* "não contêm nenhum termo obsceno ou mesmo grosseiro nem ultrapassam, em sua forma expressiva, as liberdades permitidas ao artista...".

Sobre o tradutor

OLEG ALMEIDA

Nascido no dia 1º. de abril de 1971, em Gômel (Bielorrússia), Oleg Andréev Almeida é poeta lusófono e tradutor dos vernáculos russo e francês.

Mora no Brasil desde julho de 2005. É autor do romance poético *Memórias dum hiperbóreo* (7 Letras/Rio de Janeiro, 2008), além de várias obras publicadas em antologias e coletâneas de poesia brasileira. Idealizador do projeto "Stéphanos: enciclopédia virtual de poesia lusófona contemporânea", que mantém na sua página pessoal: www.olegalmeida.com. Traduziu do francês *O esplim de Paris: pequenos poemas em prosa*, de Charles Baudelaire, e *Os cantos de Bilítis*, de Pierre Louÿs; verteu para o russo a peça teatral *Tu país está feliz* e uma série de poemas de Antônio Miranda. Agente cultural credenciado pela Secretaria de Cultura do DF/Brasília em fevereiro de 2009. Sócio da União Brasileira de Escritores (UBE/São Paulo) desde maio de 2010.